오지게
재밌게
나이듦

일용할 설렘을 찾아다니는
유쾌한 할머니들

오지게 재밌게 나이 듦

김재환 지음 | 주리 그림

북하우스

일용할 설렘을 찾아

재밌는 오늘을 위해 최선을 다하는

할머니들께

그리고

사랑하는 어머니께

프롤로그

어머니가 친구랑
까르르 웃으며 볼 수 있는 영화

인생은 두더지게임 같아요. 아무리 눌러도 계속 문제가 올라오거든요. 게임처럼 우리 인생도 끝날 때까지 고뇌의 두더지가 멈추지 않겠지요.

끊임없이 밀려오는 일상의 파도에 지쳐 잠시 피하고 싶을 때면 어머니 생각이 납니다. 어머니랑 있으면 평안해지고 다시 힘을 내 앞으로 나아갈 에너지가 채워져요. 그렇다고 해도 내 문제를 꺼내놓고 힘든 내색을 하고 싶지는 않아요. 그냥 이런저런 얘길 하며 즐겁게 많이 웃는 게 어머니를 만나는 나만의 에티켓입니다.

오랫동안 준비해온 작품을 더 이상 진행하지 않기로 결정했던 그날도 복잡한 생각을 잠시 내려놓고 어머니를 만났습니다. 마음이 쓰리니 커피도 쓰더군요. 심란한 마음을 들키지 않으려고 어머니가 제일 좋아하는 손녀 이야기만 실컷 했지요. 헤어질 무렵 어머니가 사뭇 진지하게 한 가지를 부탁하셨어요. 평소의 유쾌한 말투와 달라서 왠지 거절할 수 없는 분위기였습니다.

"혹시 가능하면 내 친구들이랑 까르르 웃으며 볼 수 있는 영화 한 편만 만들어주면 안 될까? 어려우면 안 들어줘도 되고."

여기서 친구들이란 교회 동료 권사님들을 말합니다. 칠십 대 중반 권사님들이 까르르 웃을 수 있는 다큐멘터리라… 원로 코미디언이 주인공인 작품을 만들어야 하나? 두더지 피해서 왔다가 막다른 골목에서 초대형 두더지를 만난 기분이었습니다.

지금까지 한 번도 표현하신 적은 없지만 어머니는 제가 만든 작품 때문에 마음고생이 심했을 거예요. 늘 교회 근처 멀티플렉스 극장에서 권사님들과 함께 제 영화를 보셨어요. 친구 분들 취향이 아니니까 같이 보지 마시라 해도 우리는 괜찮다며 꼭 함께 보러 가셨습니다.

2011년 맛이란 프레임으로 미디어를 바라본 영화 〈트루맛쇼〉를 개봉할 때에는, 당시 MBC 김재철 사장이 상영금지 가처분 신청을 냈습니다. 그 뉴스가 포털 사이트 메인에 한동안 노출되었고 어머니도 주위에서 걱정하는 전화를 많이 받으셨겠지요. 아무것도 모르는 척 전화하셔서는 애써 웃으며 손녀 얘기만 하다 끊으시더군요. 〈트루맛쇼〉를 만들면서 한 번도 후회하지 않았는데 그때 어머니 목소리를 들으면서 처음으로 만들지 말 걸 그랬나 생각했습니다.

2014년 개봉한 〈쿼바디스〉에는 세계에서 제일 큰 교회 목사에게 "예수 믿는 사람 맞습니까?"라고 질문하는 장면이 나옵니다. 그 장면 이후 영화 끝날 때까지 동료 권사님들은 아무 말도 하지 않으셨다고 해요. 로버트 테일러와 데보라 커가 나오는 고전영화 〈쿼바디스〉의 분위기를 예상하고 오신 권사님도 있었을 텐데 본의 아니게 충격을 드린 것 같아 죄송했습니다.

2017년에는 특이한 경험을 했어요. 보통 정치적인 주제를 다루면 한쪽이 욕하고 다른 쪽은 환호하는데요, 〈미스 프레지던트〉는 달랐습니다. 보수적인 분들은 감독이 빨갱이라고 욕했고 진보적인 분들은 태극기 괴물들을 따뜻하게 그려놓았다고 욕하더군요. 양쪽 반응을 합치면, 빨갱이 감독이 태극기 괴물들을 훈훈하게 묘사해 보수와 진보 모두로부터 스테레오로 욕을 먹는 특이한 방식으로 국민 대통합을 이뤘습니다.

언제 한번 마음 편히 볼 수 있는 작품을 내놓은 적이 없으니, 친구들과 함께 극장을 찾을 때 기분이 어떠셨을까요.

헤어질 때 어머니의 뒷모습을 보니 예전보다 많이 작아진 느낌이었어요. 새삼 어머니의 나이가 큰 숫자로 다가왔습니다. 1988년, 내가 대학 입학하던 해에 아버지가 돌아가셨으니 홀로 살아온 세월이 벌써 30년 가까이 되어가는구나. 한참 바라보고 있는데 저만치 걸어가던 어머니가 뒤돌아보며 활짝 웃네요. 손을 흔들어 빨리 가라십니다. 내가 가야 어머니도 가시겠지요. 돌아서는데 눈물이 살짝 차올랐어요. 이렇게 다음 작품이 결정되는구나…. 칠십 대 중반 여성들이 까르르 웃으며 볼 수 있어야 한다. 그녀들의 공통점은 무려 '권사님'이다! 어려운 주문이었어요.

무엇으로 어머니와 친구들을 웃게 할까 고민하던 어느 날 출근길에서 김사인 시인이 진행하는 〈시시한 다방〉이라는 팟캐스트 방송을 듣게 되었습니다. 처음 한글을 배운 칠곡 할머니가 출연해 카랑카랑한 목소리로 당신이 쓴 글을 담담하게 읽어주셨지요. 갑자기 분주하던 지하철의 모든 소음이 차단된 느낌이 들더군요. 아름다운 여인과의 첫 만남에서 운명처럼 사랑에 빠지는 옛날 드라마 속 상투적인 한 장면 같았어요. 할머니의 목소리를 듣자마자 확

신할 수 있었습니다. 아, 이거다!

오랜만에 무궁화호를 타니 기분이 좋았습니다. 이제 효도할 일만 남았구나. 주인공도 정해지기 전인데 촬영이 다 끝난 것마냥 홀가분한 마음이었어요. 왜관역에 내리자마자 택시를 타고 칠곡군 평생교육을 담당하는 교육문화회관으로 향했습니다. 담당자를 만나 여쭤봤더니 관내 문해학교가 28개나 있더군요. 네이버 지도에 주소를 찍어보고 당황했습니다. 예상보다 칠곡군은 훨씬 넓었고, 문해학교는 구석구석 분포해 있었어요. 매주 화요일, 목요일에 있는 수업을 참관하는 데만 몇 달이 걸렸지요. 이게 아닌데. 효도 한번 하려다가 잘못 걸렸구나.

관객과의 대화를 하면 사람들이 많이들 묻습니다. 칠곡 문해학교들 중에서 어떤 기준으로 약목면 복성2리 문해학교를 선정했느냐고. 주인공을 결정하는 건 그리 어렵지 않았어요. 세대와 취향을 아우른 모호한 그룹이 아니라 어머니와 친구들이라는 확실한 목표 관객이 있었으니까요. 십대에 시집와서 칠십 년 가까이 우정을 나눠온 할머니 일곱 분이 재밌게 나이 들어가는 이야기라면 어머니와 친구들을 웃게 할 수 있으리라 확신했습니다. 복성2리 문해학교 박금분 반장 할머니의 하이톤 목소리가 돌아가신 외

할머니와 비슷해서 더 정이 갔는지도 모르겠네요.

촬영 동의를 구하기 전에 옆방에서 문을 열어놓고 계속 수업을 참관했습니다. 할머니들의 성격과 관계부터 파악하고 조금씩 친해지기 위해서죠. 할머니들은 먼저 다가오거나 말을 거는 것도 조심스러워 하시더군요. 나중에 말씀하시기를 서울에서 온 남자가 옆방에서 웃고만 있으니 궁금해 미칠 지경이었답니다.

어느 날 박금분 반장 할머니가 스윽 다가오시더니 제 입에 사탕을 하나 밀어 넣고는 씨익 웃으며 옆방으로 건너가셨어요. 검을 흑黑이라는 한자가 적힌 흑설탕 맛 사탕이었습니다.

그렇게 할머니들을 만나 꿈같은 시간을 보냈어요. 고속열차에서 완행열차로 갈아탄 느낌이랄까요. 그냥 스쳐 지나갈 인생의 작은 역들에 멈춰 서자 새로운 것들이 보이기 시작하네요. 할머니들의 속도에 맞추니 비로소 보이는 아름다움. 시간의 오묘함. 느림의 즐거움. 나이듦에 대한 편견과 두려움이 조금씩 녹아내렸지요. 아흔이 된다면 나는 어떤 즐거움을 추구하며 살고 있을까. 할머니들을 보며 상상 속에서 미래를 경험해볼 수 있었습니다.

3년이 흘렀고 효도 기획, 주문 제작 다큐멘터리 〈칠곡 가시나들〉이 완성됐어요. 엔딩 크레디트가 모두 사라진 다음에 마지막 자막을 올렸지요. 맨 처음 칠곡에 갈 때 무궁화호 안에서 정해둔 문구입니다.

'사랑하는 어머니께'

이 영화를 보고 어머니가 웃으시기를, 관객들도 자신의 어머니를 생각하며 봐주기를 바라는 마음을 담았습니다. 친구 권사님들과 함께 〈칠곡 가시나들〉을 보고 어머니가 전화하셨어요. 아, 목표를 달성했구나. 행복한 목소리였습니다.

"재환아, 잘 봤다.
내 친구들 하고 까르르 웃을 수 있는 거
딱 한 편만 더 만들어주고 나서
네 마음대로 살아라."

"헉, 어머니."

차례

2장 할머니와 푸시킨

3장 설렘과 외로움

1장

칠곡 가시나들

고맙다 화투야

할머니들에게 아침은 TV의 시간입니다. 아마 전쟁이 나도 KBS 〈인간극장〉과 〈아침마당〉이 끝나야 피난을 가실 거예요. 할머니들은 모닝 TV를 충분히 즐긴 후 9시 반에서 10시 사이에 한 분씩 느릿느릿 마을회관으로 모이셨지요.

화투용 담요를 펼치기 전에 오랫동안 굳어진 할머니들만의 습관이 있습니다. 일단 믹스커피로 속을 따뜻하게 데우고 하루를 시작하는 거예요. 커피는 무조건 맥심 모카골드. 할머니들의 스타벅스죠. 동서식품 주식을 사야 하나 고민될 정도로 많이 드시더군요. 물 끓이고 모닝커피를 타는 건 새댁이라 불리는 막내할머니 담당이고요, 화투 치며 드시는 추가 커피부터는 셀프입니다.

할머니들은 거의 매일 같은 시간 같은 자리에서 비슷한 포즈로 진지하게 모닝커피를 음미하셨어요. 마치 맥심으로 우리가 원 팀임을 확인하는 것 같았죠. 환경호르몬이 나오건 말건 모두 다 믹스커피 봉지로 휘휘 저어 드셨어요. 카페인이 충전되고 선수들과 관람객이 모두 자리를 잡으면 드디어 오늘의 게임이 시작됩니다. 화투, 꽃 싸움입니다.

고맙다 화투야
오백 원만 있으마 하루 종일 즐겁다
니가 영감보다 낫다

- 박금분, 「화투」 중에서

낮은 화투의 시간입니다. 도시건 시골이건 똑같아요. 경로당이나 마을회관에서 어르신들이 가장 많은 시간을 보내는 넘버원 즐길거리는 바로 화투입니다.

할머니들을 보다가 깜짝깜짝 놀랄 때가 있어요. 화투장을 잡으면 머리가 정말 쌩쌩 돌아갑니다. 공부할 때는 보고 돌아서자마자 잊어버린다고 속상해하던 분들이 화투판에서는 수십 년 내공의 노회한 타짜 알파고로 변신해 앉아 있었습니다.

할머니들은 실없는 유머에도 다 계획이 있더군요. 상대의 눈을 쳐다보지 않고 화투판과 패만 번갈아보면서 쉴 새 없이 헷갈리게 만드는 말을 툭툭 내던졌어요. 영화 〈타짜〉에서 전설적인 도박꾼으로 나오는 백윤식 씨의 대사 그대로였습니다. '화투를 거의 아트의 경지로 끌어올려서 내가 화투고 화투가 나인 물아일체의 경지'가 되어 '혼이 담긴 구라'를 날리며 화장실 한 번 가지 않고 서너 시간 연속으로 앉아 있으셨지요. 아, 이래서 모두 관절염 약을 드시게 되었구나.

트럼프가 당선되던 그날의 치열했던 화투를 잊을 수 없습니다. 세속을 초월한 구도자의 경지랄까요. 온 세계가 미국 대선 개표방송에서 눈을 떼지 못했지만 우리 할머니들은 한 치도 흔들리지 않았어요. TV 모니터에는 KBS 〈뉴스속보〉로 '트럼프 당선 유력, 세계 주식시장 충격'이라는 굵은 글씨의 헤드라인이 박혀 있었지만, 할머니들은 오직 십 원짜리 화투에 온 마음을 쏟았습니다. 힘 있게 내리치는 화투장에서 이 세상 그 어떤 것도 할머니들을 유혹할 수 없다는 단호함이 느껴지더군요. 초인적인 집중력을 발휘하던 와중에도 패를 섞고 새로운 판이 시작되기 전에 잠깐잠깐 뉴스를 보면서 우리나라의 앞날을 걱정하셨어요.

"저 산도적같이 생긴 기 되면 우리나라 큰난다 카던데 걱정이네."

"도람푸 저거는 빨갱이와 매한가지라."

"여자가 돼야 우리 경제에 좋다던데 참 큰일이라."

저에게 화투는 미스터리였어요. 돈을 따도 다 돌려주거나 아이스크림 한턱 쏘는 데 쓸 거면서 할머니들은 왜 저리도 몰입하고 탄식하고 즐거워하실까. 어제나 그제의 게임을 Ctrl-C(복사하기) 해서 오늘 Ctrl-V(붙이기) 해놓은 느낌인데 저게 왜 재밌을까. 화투는 노년의 소중한 시간을 낭비하게 만드는 퇴행적인 게임이 아닌가. 재미있고 의미 있게 나이 들기 원한다면 화투부터 버려야 하는 게 아닐까. 그때는 화투에 대한 할머니들의 지나친 집착을 도저히 이해할 수 없었죠.

어느 날, 할머니가 타주신 믹스커피를 마시며 화투 치는 모습을 물끄러미 바라보다가 옛날 대학시절 친구들과 하던 '팩 차기'가 생각났습니다. 아마 밀레니얼 세대는 팩 차기를 잘 모를 거예요. 빙 둘러 선 여러 명이 다 마신 우유팩을 땅에 떨어뜨리지 않고 계속 차는, 1980년대 후반 대학가에서 유행했던 어이없는 놀이입니다. 처음에는 중앙도서관 앞에서 늙수그레한 복학생들을 중심으로 몇 팀 정도만 했었는데, 계절이 바뀔 때 즈음에는 캠퍼스 잔디밭 여기저기에서 다들 팩을 차고 있었어요. 나중에는 발로 찰 수 있는 건 다 찼습니다. 자판기 믹스커피를 마시고 나서 종이컵을 씻어 차기도 했죠. 돌이켜보니 기가 차네요.

여학생들은 우리가 참 한심했을 것 같아요. 저것들은 왜 저 무익한 짓을 초집중해서 하고 있을까. 할머니들의 점당 십 원짜리 화투는 돈이라도 오고 가지, 팩 차기는 아무것도 걸린 게 없었거든요. 화투는 전략 전술이 필요하지만 팩 차기는 뇌가 필요 없는 반지성적인 종목입니다. 어제나 그제의 팩 차기를 Ctrl-C, Ctrl-V 한 것처럼 날이면 날마다 계속 차면서 환호하던 우리를 보고 여학생들은 혀를 찼겠죠.

그때 우리가 왜 그랬을까. 다시 그 시절로 돌아간다면 절대 그렇게 살지 않을 것 같은데… 젊은 날 그 소중한 시간을 왜 팩이나 차면서 탕진했을까. 잘 모르겠습니다. 지금 생각해보면 그냥 무의미한 놀이인데, 그 시절 우리는 정말 열심히 팩을 찼고 심지어 재미를 느꼈거든요.

갑자기 지금 내가 열광하는 모든 게 사소하게 느껴졌어요. 손흥민 선수가 골을 넣거나 토트넘이 이기는 게 무슨 의미가 있어서 나는 새벽에 깨서 캔맥주를 따고 축구를 보고 있는가. 류현진 선수가 메이저리그 개인 타이틀을 따는 게 무슨 의미가 있어서 나는 다음 경기 6이닝 1, 2, 3자책점일 때를 가정해 방어율을 계산하고 있는가. 지금 내가 열심히 하고 재미를 느끼는 어떤 일도 그 본질은 트럼프가 당선되던 날의 점당 십 원짜리 화투나 스무 살 봄날의 팩 차기 같은 것일 수 있겠구나. 할머니들의 놀이를 내 잣대로 평가하고 의미와 무의미, 쓸모와 무쓸모로 나눈 게 부끄러워졌습니다.

그날 이후 삶의 관점이 조금 바뀌었어요. 내가 너무 의미 과잉으로 살고 있는 건 아닐까 돌아보게 됐거든요. 놀이는 참여해서 재미를 느끼는 것이지 분석해서 의미를 찾을 대상이 아니었던 거죠. 다른 사람들의 재미를 내가 생각하는 의미의 필터로 바라보지 말아야지, 생각했습니다.

예전에는 '재미있게 살고 의미 있게 죽자'라는 생각으로 살았다면 할머니들과 몇 년을 보낸 후에는 바뀌었어요. '재미있는 게 의미 있는 거다'로. 그래도 여전히 팩 차기는 이해가 안 됩니다. 진달래가 캠퍼스를 뒤덮은 황홀한 봄날에 팩 따위에 마음을 주고 있었다니, 미쳤어. 우리는 그때 왜 그랬을까요.

시시한 놀이, 미미한 재미, 소소한 시간이 모여

인생이 되는 건가.

혼자 노는 것보다 같이 놀면 더 재밌거든

"할머니, 젊을 때 꿈이 뭐였어요?"

문해학교 할머니 학생들 얼굴에 살짝 고민이 스쳐가네요. 주석희 선생님의 어떤 질문에도 오래 산 자의 지혜와 유머를 담아 술술 여유 있게 답하시던 할머니들이 처음으로 머뭇거렸어요. 지금까지 살면서 그 누구도 꿈이 무어냐고 묻지 않았답니다. 다들 뭐라 말해야 하나 생각하는 표정일 때 곽두조 할머니가 수줍게 털어놓습니다.

"나? 가수. 으흐흐흐."

가수

– 등개댁 곽두조

어를 때 가수해쓴마

조아쓸 글

끝.

짧지만 상큼한 뒷맛이 오래 남는 시, 「가수」입니다. 사실은 곽두조 할머니가 혼잣말처럼 그림 일기장에 써놓은 넋두리였어요. 수업시간에 선생님이 칠곡의 숨은 가수라며 이 글을 소개하는 바람에 약목면 문해학교 공인 가수가 되어버렸답니다.

"오다가 시장에 보니 '약목면 노래자랑 대회 예선 참가자 모집' 플래카드가 붙어 있던데 곽두조 할머니 출전하시면 되겠네. 오늘 이미자의 〈동백 아가씨〉를 배워볼 거니까 그걸로 나가 보이소."

선생님의 깜짝 제안에 할머니들도 거들었어요.

"그래, 형님 나가 보이소. 우리 다 응원하러 가께."

"형님이 1등하면 술은 내가 받아줄게. 또 한잔 무야지."

꿈이 가수라고 했다가 일이 커졌습니다. 복성2리 마을회관 할머니들 대표로 〈동백 아가씨〉를 들고 노래자랑 대회에 출사표를 던지게 된 거죠. 트로트 가사로 한글 표현을 배워보는 수업은 언제나 웃음이 넘치지만, 이 노래로 대회에 나가야 하는 곽두조 할머니는 내내 긴장한 표정이었어요.

헤일 수 없이 수많은 밤을
내 가슴 도려내는 아픔에 겨워
얼마나 울었던가 동백 아가씨
그리움에 지쳐서 울다 지쳐서
꽃잎은 빨갛게 멍이 들었소

평생 수백 번은 더 불렀을 이미자의 〈동백 아가씨〉 노랫말은 언제 들어도 가슴 아립니다. 이 노래는 곽두조 할머니 인생 그 자체거든요. 열여섯 꽃다운 나이에 시집와서 밤마다 울었습니다. 늙은 시어머니와 열댓 마지기 농사만 남겨둔 채 야속한 남편은 하늘나라로 훌쩍 떠나버렸지요. 거친 노동에도 4남매를 모두 대구로 통학시켜 공무원으로 키워냈지만, 마음 한편에는 아직도 남편에 대한 그리움에 멍이 들어 있습니다. 곽두조 할머니가 칠곡의 동백 아가씨였던 거죠.

"노래가 없었으면 그 험한 시절 어찌 살았겠나 싶다. 일하다가 울다가 일하다가 노래하다가 그리 살았다. 으흐흐흐."

노래자랑 대회가 임박하자 곽두조 할머니는 눈에 띄게 말수가 줄었어요. 그 좋아하시던 소주마저 줄이셨지요. 어떨 때는 마을회관 대표라는 책임감에 비장미가 흐르다가, 또 어떨 땐 내가 왜 나간다고 했을까 후회하는 듯했습니다.

대회 날 아침, 곽두조 할머니는 아껴뒀던 금색 블라우스를 꺼냈고 온몸에 향수도 듬뿍 뿌리셨지요. 향이 조금 과한 듯했습니다. 마을회관도 분주했어요. 강금연 할머니는 곽두조 할머니가 좋아하는 칼국수를 만들었고, 박금분 할머니는 목소리가 잘 나오게 한다는 계란을 얻어왔습니다.

"형님, 계란 끄티* 톡 깨가 호로록 마시. 노래 잘 부르면 계란을 무서 그런 줄 알아."

"이 국시도 미끄덩해서 노래가 술술 잘 나올 기라."

"아이고 우리 동상**들이 최고네. 국수 잘 했다. 어제부터 간

---

*끄티 : '가장자리'의 사투리(경북). (출처 : 『우리말 방언 사전』)

** 동상 : '동생'의 사투리(강원, 경상, 전남, 충청, 함경). (출처 : 『우리말 방언 사전』)

이 달달 떨려서 아무것도 못 먹었거든."

박금분 할머니의 성화에 못 이겨 평소 비려서 못 드시던 날계란을 두 개나 삼켰습니다. 긴장을 풀어야 한다며 부어준 소주도 두 잔 연거푸 들이켜고는 살짝 어지러워서 누워 있으셨지요. 노래자랑 대회 두 번 나갔다가는 곽두조 할머니 잡겠다는 생각이 들더군요.

드디어 출동입니다. 면사무소 강당으로 향하는 할머니들 모습이 당당하니 보기 좋았어요. 이 구역 최고 가수는 나야 나! 하는 분위기로 이마에 손을 대 햇빛을 가리며 자신만만하게 나아가셨지요. 마치 주인공 역할을 맡은 우리 편 조폭이 악당에게 붙잡힌 동료 조직원을 구하려고 적진 한복판으로 침투하는 것마냥 팽팽한 긴장감이 휘몰아쳤습니다.

〈칠곡 가시나들〉에서는 이 장면에서 영화 〈범죄와의 전쟁 : 나쁜 놈들 전성시대〉 주제곡인 장기하 버전 〈풍문으로 들었소〉를 배경음악으로 깔았어요. 손 꼭 잡고 건널목을 건너는 할머니들에게서 영원히 변치 않을 계모임 회원들의 우정, 혹은 죽어도 같이 죽겠다는 조직원들의 의리 같은 게 느껴졌습니다.

면사무소에 들어갔더니 먼저 도착한 사람들이 목청껏 노래를 부르고 있네요. 오! 세상에, 이런 멋진 노래가 있었나 할 정도로 귀에 쏙쏙 박히는 엄청난 곡이었어요. 진시몬의 〈보약 같은 친구〉! 고백하자면 그때까지 진시몬이라는 가수를 전혀 몰랐어요. 시몬 씨에게 진심으로 사과드립니다. 이 노래는 할머니들에게 진정 보약 같은 곡이었어요. 시몬 베드로가 물 위를 걷듯 무릎 수술을 받은 할머니들을 벌떡 일으키는 기적과 치유의 노래였거든요.

아침에 눈을 뜨면 제일 먼저 생각나는
자네는 좋은 친구야
피 한 방울 섞이지 않은 우리 두 사람
전생에 인연일 거야

자식보다 자네가 좋고 돈보다 자네가 좋아
자네와 난 보약 같은 친구야
아--아--아-- 사는 날까지
같이 가세, 보약 같은 친구야

사랑도 해봤고 이별도 해봤지
사는 거 별거 없더라
언제 갈지 모르는 인생

우리 둘이서 웃으며 살아가보자

자식보다 자네가 좋고 돈보다 자네가 좋아
자네와 난 보약 같은 친구야
아-아-아- 사는 날까지
같이 가세, 보약 같은 친구야

진시몬의 〈보약 같은 친구〉란 명곡을 만난 감격도 잠시, 드디어 결정적인 순간이 왔습니다. 태어나서 '곽두조'란 이름 석 자를 걸고 대회에 출전한 건 처음이에요. 젊을 때의 고난, 동네 할머니들과의 우정, 선생님과의 만남, 한글과 트로트, 모든 게 오늘을 위한 운명의 퍼즐조각처럼 느껴지는지 곽두조 할머니는 지그시 눈을 감고 있었죠. 감격과 긴장이 교차하는 듯 얼굴이 붉어 보였는데, 지금 생각해보니 낮술이 올라와서 그랬을 수도 있겠다 싶어요.

"자, 다음은 복성2리 마을회관에서 오신 곽두조 님의 〈동백 아가씨〉를 듣겠습니다."

전주가 흐르자 문해학교 모든 할머니들은 마치 당신들이 무대에 선 것처럼 얼어붙었습니다. 긴장한 곽두조 할머니도 노래 들어가는 타이밍을 놓쳐버렸죠. 그것도 두 박자씩이나 말예요. 노래와 반주가 따로 놀자 응원하던 할머니들도 당황했어요. 날계란을 두 개나 드셨는데 고음에서는 치명적인 연속 음 이탈까지 발생했습니다. 망했다, 감동적인 촬영을 기대했는데 인생은 정말 예상대로 흘러가는 게 없구나. 그나저나 오늘 곽두조 할머니가 쓰러지시면 어떡하지. 〈동백 아가씨〉의 애절한 노랫말과 전혀 어울리지 않는 온갖 생각들이 스쳐 지나갔습니다.

"아이고 사회자님, 제가 오늘 실수했습니다."

"할머니 올해 연세가 몇 살?"

"팔 칠."

"네?"

"8학년! 7반!"

평소 곽두조 할머니 스타일로 고함을 빽 질렀습니다. 청중들이 크게 웃으니 그제야 할머니의 표정도 풀어졌어요.

"자, 대망의 약목면 노래자랑 대회 본선 진출자 열다섯 명을 발표하겠습니다. 참가번호 2번 〈뿐이고〉를 불러주신 김월신 님, 〈달래강〉을 불러주신 김춘자 님, 〈부초 같은 인생〉을 불러주신 정금아 님…."

끝내 곽두조 할머니의 이름은 불리지 않았습니다. 심사위원들은 지독하게 매정하더군요. 유일한 팔십 대이자 최고령 참가자가 극도로 긴장해서 현인 선생님처럼 목소리를 파르르 떨며 최선을 다했는데 땡이라니요. 지하철을 타도 65세 이상이면 경로우대가 있는데 87학번도 아니고 8학년 7반에게 좀 너무한다 싶었어요. 충격을 받은 곽두조 할머니를 김두선 할머니가 감싸 안았습니다.

마을회관으로 돌아가는 길. 버드나무 아래 쉼터에 문해학교 할머니들이 한 분 한 분 모여들었습니다. 할머니들이 그렇게 욕을 잘 하시는지 몰랐어요. 처음 들어보는 신선한 욕설로 노인을 공경하지 않는 주최 측과 젊은 것들을 성토하셨지요. 다들 곽두조 할머니를 위로했어요. 지들은 안 늙을 줄 아냐면서. 자신이 나이가 더 많지만 먼 친척 동서지간 형님으로 곽두조 할머니를 깍듯이 모시는 박금분 할머니가 요구르트를 돌리며 분위기를 바꿔봅니다.

"자, 1등! 우리한테는 형님이 1등이라."

"맞아. 팔십칠 세라 카니까 사람들이 깜짝깜짝 놀라더라."

"제일 잘했어. 요새 젊은 것들이 노래를 들을 줄 몰라서 그래."

돌아가는 할머니들의 뒷모습을 보다가 이게 인생이란 생각이 들었습니다. 태어나 처음 한글을 배운 후 노래자랑 대회를 준비하며 설렜죠. 예선 탈락의 고배를 들게 되었지만 여기까지 온 것도 작은 기적의 연속이었어요. 우리가 각본을 쓰는 드라마라면 대회에 나가 멋진 노래로 상을 받는 해피엔딩으로 끝났겠지요. 하지만 인생이 어디 그런가요. 치열하게 공부해서 대학 나오고 박사가 되어도 황금빛 인생이 기다리고 있지 않습니다. 포기하지 않고 도전해보지만 넘어졌던 사람이 계속 넘어지고 거절당했던 사람이 계속 거절당하는 쓰라림의 연속, 그러면서 친구가 주는 요구르트를 마시고 다시 일어나는 것, 그게 인생이겠지요.

1년 후.

주석희 선생님과 할머니들은 다시 곽두조 할머니를 꼬셨습니다. 작년에 예선 탈락한 건 선곡의 실패였다, 올해는 빠른 트로트로 재도전하자고 설득하셨죠. 솔직히 저는 걱정됐어요. 칠곡 심사위원들은 지나치게 공정하고 매정해서, 8학년 7반이 8학년 8반이 됐다고 해서 아이고 지팡이도 없이 여기까지 걸어오시느라 수고하셨습니다, 딩동댕! 이럴 것 같지는 않았거든요. 뒷감당을 어떻게 하려고 저러시나 했지만, 실패의 기억으로 인생을 마감하면 안 된다는 그럴듯한 말에 곽두조 할머니는 또 넘어가시고 말았어요. 만약 올해도 예선 탈락하면 실망감으로 진짜 쓰러지실 것 같은데 주최 측에 얘기해서 미리 119 구급차를 준비해놓아야 하나 고민되더군요.

재도전 곡은 오승근의 〈내 나이가 어때서〉였습니다. 금색 블라우스와 향수 냄새는 작년과 똑같았지만 날계란과 소주는 단호하게 거부하셨죠. 빠른 전주가 분위기를 띄우자 주석희 선생님과 문해학교 할머니들 전원이 자리를 박차고 튀어 올랐어요. 이번에는 곽두조 할머니를 홀로 외롭게 두지 않았습니다. 무대 위에서 할머니를 에워싸고 함께 고속버스 춤을 추며 노래하셨지요. 무섭도록 감동적인 퍼포먼스였어요. 제 눈에는 마치 이번에 또 땡 해봐라 면사무소를 확 불살라버리겠다는 무력시위처럼 보였습니다.

어느 날 우연히 거울 속에 비춰진
내 모습을 바라보면서
세월아 비켜라 내 나이가 어때서
사랑하기 딱 좋은 나인데

제일 놀라웠던 건, 양 무릎을 수술해 걷기조차 불편했던 안윤선 할머니의 특이한 개다리 춤이었어요. 몸 상태로는 도저히 설명할 수 없는 기적 같은 에너지가 느껴졌습니다. 아, 이것이 진정 진시몬의 보약 같은 친구로구나. 십대에 시집와서 한 동네에서 육칠십 년을 같이 살며 나눈 우정과 의리의 몸부림이로구나. 서로에게 보약이 되어주는 할머니들이 부러웠어요.

곽두조 할머니는 당당히 본선 무대에 올랐고 TV에서 보던 초대 가수들 앞에서 멋지게 솜씨를 발휘하셨지요. 최종 무대에서 특별상을 수상한 할머니는 배터리를 갈아 끼운 사이보그처럼 다시 활력을 되찾았습니다.

곽두조 할머니의 도전을 보면서 생각했어요. 나이 들수록 영감보다 친구로구나. 영감은 이런 상황에서 절대 같이 춤춰주지 않을 거라는 데 오백 원 겁니다. 다들 이런 친구 한두 분쯤 있으신가요? 무릎을 수술해서 걷기도 힘들지만 내가 노래자랑 대회 나가면 같이 무대에 올라 멋들어지게 개다리 춤을 춰줄 그런 친구 말이에요. 없다면 지금부터 만들어야 합니다. 재밌게 나이 들고 싶다면 친구랑 모여 노는 즐거움을 잡아야 해요. 친구가 보약입니다.

동백 아가씨

"우리는 맨날 몰려다닌다.
밥도 같이 먹고 화투도 같이 친다.
시장에도 같이 가고 병원에도 같이 다닌다."

"혼자 노는 것보다
같이 놀면 더 재밌거든."

국수는 안 먹는다

"아빠, 오늘 또 칠곡 가야 해? 나보다 할머니들이 더 좋아? 가지 말고 나랑 놀자."

딸아이는 출장갈 때마다 울었습니다. 이제 익숙해질 만도 한데 어릴 때부터 늘 그랬어요. 딸이 태어나 아빠가 되면서 전투력이 확 떨어지더군요. 아이랑 노는 게 세상에서 제일 재밌는데 일이고 뭐고 눈에 들어오겠습니까. 촬영가지 말라며 울면서 안기는 딸을 보면 마음이 아프면서도 좋더라고요. 이렇게 애절하게 나 보고 떠나지 말라는 사람은 세상에 너밖에 없구나. 겨우 달래놓고 짐을 챙겨 밖으로 나오니 눈이 꽤 많이 쌓여 있었어요. 딸을 웃게 할 아이디어가 떠올랐습니다.

경비실에서 눈삽을 빌려와 아파트 바로 옆 고등학교 운동장을 캔버스 삼아 거대한 글자를 써내려갔어요. 페루에서 경비행기를 타고 봤던 나스카 라인처럼 그려봐야지. 눈삽을 밀며 생각했습니다. 내 인생의 슈퍼 갑 따느님을 기쁘시게 할 수 있다면 나는 피라미드라도 쌓을 수 있다. 너무 커서 땅에서는 뭔지 알 수 없지만 하늘에서 보면 전체 모양이 드러나는 나스카 지상화처럼, 운동장에서 보면 무슨 글자인지 몰라도 우리 아파트에서 내려다보면 눈에 확 들어오도록 커다랗게 운동장을 채웠지요.

김지안 사랑해
ㅋㅋ 아빠가

손이 시렸지만 행복한 사역이었어요. 슈퍼 갑님께서 무심코 창밖을 내다보시다가 눈 위에 새긴 나의 메시지를 발견하고 마치 파라오가 완성된 피라미드를 처음 감상하듯 흐뭇하시기를… 할머니들을 만나러 가는 길에 눈 덮인 차창 밖 풍경을 보며 내내 설레었습니다. 혹시라도 딸이 그 메시지를 못 보면 어떡하지 불안하기도 했지만 그래도 우연히 발견하는 편이 더 좋을 것 같았지요.

칠곡에도 눈이 많이 내렸어요. 저수지에도 장독대에도 하얀 눈이 살포시 앉았습니다. 왠지 이 겨울 마지막 눈일 것 같은 예감이 들었어요. 겨울 풍경을 보고 있는데 봄이 떠올랐거든요. 공광규 시인의 서정적인 시에 주리 작가 특유의 감성적인 그림이 더해진 아름다운 그림책『흰 눈』*이 생각났습니다.

흰 눈

- 공광규

겨울에 다 내리지 못한 눈은
매화나무 가지에 앉고
그래도 남은 눈은
벚나무 가지에 앉는다.

거기에 다 못 앉으면
조팝나무 가지에 앉고
그래도 남은 눈은

* 공광규 글, 주리 그림,『흰 눈』, 바우솔(2016)

이팝나무 가지에 앉는다.

거기에 또 다 못 앉으면
쥐똥나무 울타리나
산딸나무 가지에 앉고
거기에 다 못 앉으면
아까시나무 가지에 앉다가
그래도 남은 눈은
찔레나무 가지에 앉는다.

앉다가
앉다가
더 앉을 곳이 없는 눈은
할머니가 꽃나무 가지인 줄만 알고
성긴 머리 위에 가만가만 앉는다.

시만으로도 먹먹한데 그림이 더해지니 황홀하네요. 『흰 눈』에서 제일 좋아하는 그림은 뒷짐 지고 먼 산을 바라보는 할머니의 뒷모습입니다. 그 옆 평상 위에서 밥 먹고 있는 고양이도 사랑스러워요. 아마도 주리 작가가 상상으로 그린 게 아닌 것 같아요. 실제로 칠곡에서 비슷한 장면을 몇 번 본 적 있거든요.

길 고양이들에게 손질하던 멸치를 던져주고 강금연 할머니는 느릿느릿 돌아서서 담장 너머 먼 하늘을 바라보곤 하셨어요. 할머니의 뒷모습은 무슨 생각을 하실까 궁금하게 만드는 묘한 매력이 있답니다. 그림책 속 할머니는 하얗고 성긴 머리카락이었는데 우리 칠곡 할머니들은 예외 없이 새까만 염색에 뽀글뽀글 파마를 하셨구나 싶어서 웃음이 났습니다.

눈 내릴 때는 역시 따끈한 칼국수지요. 친구들 사이에서 약목면 장금이로 불리는 강금연 할머니가 반죽을 준비해놓으셨네요. 손 떨림이 심해 글씨 쓸 때마다 힘들어하시는 할머니가 자로 잰 것처럼 균일하게 칼국수 면발을 썰어내는 게 신기했습니다.

"서울 감독님, 내가 손이 발발 떨려 글자 쓰는 건 시원찮아도 국시만 칠십 년을 썰었는데 이걸 반듯하게 못 썬다면 말이 안 되지예."

삼사십 년도 아닌 칠십 년이라…. 반죽을 얼마나 치대고 숙성시켜야 최고의 면발을 뽑을 수 있는지 경험으로 얻은 내공. 백종원 씨를 능가하는 구수한 말솜씨에 이연복 셰프를 연상시키는 리드미컬하면서도 절도 있는 칼질. 아, 이 분은 진정 생활의 달인이셨구나.

국수

– 각산댁 강금연

국수를 보마
시어른 생각이 난다

워낙 국수만 찾으셔서
반죽해 국수 만들기 선수가 됐다

국수 밀 듯 공부를 했으마
선생님 됐을 긴데

나는 지긋지긋해 요즘도 국수는 안 먹는다

강금연 할머니가 쓴 시에는 국수 장인도 울고 갈만큼 국수를 잘 만들지만 잘 안 먹게 된 사연이 나옵니다. 이른 아침부터 들에서 허리 굽혀 일하다 점심때는 꼭 국수만 찾는 시어른 때문에 반죽하러 허겁지겁 집으로 돌아가는 며느리의 심정이 어땠을까요.

“옛날 여름에는 엄청 더웠어예. 솥에 불 때야 하니까 땀이 뻘

뺄 나는데 반죽해야지, 썰어야지, 국시 삶아야지, 양념장해야지, 일이 얼마나 많습니까. 내가 딸 넷 낳고 아들 낳았거든예. 시집살이는 또 얼마나 심했겠습니까. 국시 조금만 늦게 끓여도 혼이 났어예. 밀 농사 안 하면 국시 안 밀긴데 그 생각밖에 없었습니다. 국시는 지금도 징그러워예."

만약 나라면 텔레비전에서 국수 먹는 장면만 나와도 채널을 돌리고 싶을 것 같은데 할머니는 여전히 손을 떨며 잘 먹지도 않는 국수를 밉니다. 할머니의 굵은 손가락을 보고 있는데 가느다란 떨림을 통해 따뜻한 마음이 전해져왔어요. 당신에게 국수는 내가 먹는 즐거움이 아니라 좋아하는 사람들 먹이는 즐거움이었구나.

"형님, 국시 만들고 있어. 회관에 있는 동생들 다 데리고 오이소. 넉넉하게 했어."

구십이 멀지 않은 나이에 편치 않은 몸을 움직여 경건한 의식 치르듯 정성껏 재료를 준비하고 친구들을 초청합니다. 굵은 파뿌리에 명태 반 마리와 멸치로 우린 육수, 호박나물, 채 썬 김치, 김 외에 특별히 들어간 게 없는데도 제가 태어나 먹은 국수 중 최고 수준의 맛이었어요.

"할머니는 칠곡에 계실 분이 아닙니다. 저랑 서울 가서 동업하시죠. 여의도에 '강금연 국수집' 하나 내면 대박입니다."

촬영감독이 같이 장사하자며 사뭇 진지하게 꼬셔봅니다. 할머니는 여기서 계속 친구들 국수 먹여야 해서 못 간다며 웃으셔요.

약목면 복성2리 일곱 명의 할머니들이 칠십 년 우정을 나눌 수 있었던 건 어쩌면 강금연 할머니 때문일지도 몰라요. 온갖 세상 풍파를 겪은 데다 여기저기 아픈 곳도 많은 할머니들 사이에는 종종 삐걱대는 일이 생기는데, 강금연 할머니는 그 마찰을 줄여주는 온화한 윤활유 같은 분이랍니다. 다른 할머니들의 말에 늘 기분 좋게 맞장구를 쳐주셨고요, 언제나 따뜻한 미소를 띠고 있어 함께 있는 사람을 행복하게 만들어주셨지요. 개성이 강한 할머니들의 사소한 갈등이 큰 싸움으로 번지지 않는 것도 강금연 할머니가 가운데서 딱 버티고 계신 덕분입니다.

할머니에게 행복하게 나이 드는 방법을 또 하나 배웠습니다. 젊은 시절 지긋지긋했던 노동의 고달픔이 나이 들어 즐거움이 될 수 있었던 까닭은 무엇일까요? 누군가를 웃게 하는 것이 행복이라는 걸 아셨기 때문일까요? 딸을 위해 눈삽을 밀며 운동장을 뛰어다니는 게 군대에서 눈 치우던 것과는 비교할 수 없이 즐거웠던 것처럼, 좋아하는 사람들을 웃게 하는 것만큼 확실한 행복의 비결은 없습니다.

딸에게서 전화가 왔어요. 드디어 운동장에 쓴 내 편지를 읽었구나. 이게 뭐야, 창피해! 라고 할까 봐 살짝 긴장하며 받았지요.

"아빠, 내 이름이 네이버에 나왔어. 이모가 보내줬어. 아빠가 쓴 거 맞지?"

출장오던 날 운동장에 쓰고 온 커다란 글씨가 네이버 메인 화면에 나와 있었어요. 청와대 사진기자단에서 헬기를 타고 이동하다가 하늘에서 찍은 사진을 중앙일보와 경향신문에서 포털 사이트에 올린 겁니다. 기사 제목이 마음에 드네요. 'SNS 시대, 눈 위에 쓴 아빠가 딸에게 보내는 편지.'

삽질이 헛되지 않았어요. 딸이 웃었습니다.

ⓒ사진 김지안

서울 감독님, 촬영이 언제 끝나요?

휴대폰을 두고 왔다.

태풍이 분다고 며느리가

전화를 마이 했단다.

전화를 나뚜고 와서

아들딸한테 한소리 들었다.

– 강금연 할머니의 그림일기 「전화」 중에서

새벽에 전화벨이 울리면 긴장합니다. 이 시간에 누굴까? 전화 받기까지 몇 초. 컬러링 노래 가사가 마음속에서는 이렇게 들립니다. 누군가에게 안 좋은 일이 생겼음을 빨리 아셔야 할 것 같아서 실례를 무릅쓰고 이 새벽에 전화 드려요. 발신자를 보니 마음이 놓이네요. 아, 잘못 누르셨구나. 박금분 할머니에게 내 전화번호를 단축번호로 저장해드렸는데 전화기를 잘못 쥐거나 눌러서 한 번씩 실수로 걸려오곤 했었거든요.

큰 아포댁 박금분 할머니는 칠곡 약목면 복성2리 문해학교의 사랑스러운 반장님입니다. 원래 아포댁으로 불렸는데 고향 아포에서 한 명이 더 시집오자 '큰' 아포댁으로 승진하셨지요. 부모님과 함께 일본에 살 때 숱한 B-29 공습에도 살아남았고요, 히로시마에서 오사카로 이사 가서 원자폭탄을 피할 수 있었답니다. 한국전쟁 때는 멀리 숨어서 왜관다리 폭파하는 것도 목격하셨대요. 혼자 농사짓고 소 먹이며 고생했는데 한 성격하던 영감님은 하나도 도와주지 않았다고 지금도 억울해하세요. 젊었을 때는 평양기생 저리 가라였다고 주장하시지만 사진이 남아 있지 않아 확인할 길이 없습니다. 잘 웃고 잘 울고 세상 귀여운 질투의 화신이지요.

"서울 감독님."

내 말투에는 부산 사투리가 배어 있지만 할머니는 서울 감독이라 부르셨어요.

"딸내미 잘 있습니까?"

"네, 잘 자고 있죠. 하하 또 전화 잘못 누르셨구나."

"아니 그게 아니라…."

평소와 달리 목소리가 착 가라앉아 있었어요. 할머니는 말할까 말까 주저하다가 어렵게 얘기를 꺼내셨습니다.

"혹시, 촬영이 언제 끝나요? 다른 할마시들이 영화 다 되면 서울 감독 이제 더 이상 안 올 거라 해서…."

더 못 참고 왈칵 울음을 터뜨리셨어요. 맨날 빨리 죽어야지 하셨지만 촬영이 끝나고 나면 더 이상 못 볼까 봐 걱정돼서 잠을 설치신 겁니다.

박금분 할머니는 자주 전화하셨습니다. 화투패가 잘 붙던 날이면 기분이 좋아서, 꽃이 활짝 핀 날에는 빨리 와서 찍어야 한다고 제보하려고, 앞으로 한국 경제가 더 어려워질 것 같다는 뉴스에 나라가 걱정돼서, 속상하게 하는 할머니가 있으면 뒷담화 상대가 필요해서 전화하셔서는 십 분이고 이십 분이고 말씀을 이어가셨어요.

어느 순간 알게 됐습니다. 할머니가 정말 목소리 듣고 싶은 사람은 내가 아니라 손녀와 증손자라는 걸. 사랑스러운 내 새끼들의 귀한 시간은 차마 빼앗을 수 없지만 수다는 떨고 싶을 때, 아침이건 밤이건 손주들의 대타로 저를 즐겨 애용하셨어요. 언제든 편하게 전화하시라고 했던 말을 글자 그대로 받아들이신 거죠.

어머니 생각이 났어요. 낮에 전화벨이 세 번쯤 울리다 끊어지면 백 퍼센트 어머니거든요. 회의 중일까 봐, 바쁜데 일에 방해될까 봐. 그러지 마시라 해도 어머니는 늘 세 번 안에 안 받으면 전화를 끊으셨습니다. 친구들에게 물어보니 부모님들은 거의 비슷했어요. 부재중 전화를 보고 다시 전화하면, 부모님은 간단히 안부를 묻고 어딘지 확인하신 다음, 시도 때도 없이 밥 먹었느냐고 물어보세요. 그리고 항상 이렇게 마무리하시죠.

"바쁜데 빨리 전화 끊어라. 나는 잘 지내니까 걱정하지 말고."

박금분 할머니가 손주의 전화를 애타게 기다리듯 어머니도 그러셨겠지. 더 자주 더 오래 통화하지 못한 후회가 밀려왔어요. 씩씩한 어머니는 친구들과 재밌게 잘 지내시니 내 전화가 그리 절실할 거라고는 한 번도 생각해보지 못했구나. 아들이라는 자가 이렇습니다.

〈칠곡 가시나들〉 개봉 당시 인터뷰할 때 이런 질문을 받은 적이 있어요.

"오랫동안 할머니들을 지켜보셨는데 우리 시대의 효는 구체적으로 뭐라 생각하세요?"

"효는 부모님의 마음을 헤아리는 것이겠지요. 할머니들에게 제일 필요한 건 자녀들의 전화와 에너지를 주는 리액션이더군요. 저도 많이 반성했어요. 그런데 나이 든 부모님의 설렘을 가장 방해하는 사람이 누군지 아세요? 바로 자녀들입니다."

몸은 쑤시고 안 아픈 데가 없어도 늙은 부모는 설렘의 자리로 나아가고 싶은데, 자녀들은 통화할 때 찬물을 확 끼얹어버리곤 하죠. 걱정해서 하는 무의식적인 말이 부모님을 움츠러들게 하고 설렘을 망쳐버립니다.

"에이 엄마, 힘들게 그걸 왜 해요? 스트레스만 받지."

"아빠 거기 가지 마시라니까. 추운데 넘어지면 큰일 나요."

"참 엄마도 주책이다. 그분들이랑 같이 다니지 마세요."

반면에 자녀의 긍정적인 반응은 노년의 부모를 들뜨게 하지요.

"네, 아버지 시작해보세요. 엄마랑 손잡고 같이 하면 좋겠다."

"우와 멋지다. 정말 잘 하셨어요. 나도 나이 들면 꼭 해봐야지."

"어머니는 좋은 친구들이 있어서 참 좋겠다. 부러워요."

"잠깐만요. 저보다 훨씬 더 사랑하는 손녀 바꿔드릴게요."

영국 프리미어리그 리버풀의 홈구장 안필드에 가면 경기 직전에 감동적인 응원가 〈YNWA〉가 울려 퍼집니다. You'll Never Walk Alone. 당신은 결코 혼자 걷지 않으리. 멋진 응원은 선수들을 설레게 하죠. 부모님이 재밌게 나이 들기 원한다면 자녀들이 먼저 전화해서 치어리더가 되어야 해요. 자주 전화하기, 유쾌한 맞장구, 손자 손녀 목소리 들려드리기…. 노년의 부모님 행복은 여기서부터 시작됩니다.

그리고 마무리는 역시, 머니money죠.

우리 시대 효도는 전화가 알파요,
용돈이 오메가입니다.

영감들은
그놈의 체면 때문에

"문해학교에 할머니만 있어요.
할아버지들은 절대 안 나옵니다."
"영감들은 그놈의 체면 때문에
재미없게 살다 죽기로 작정을 했어요."

- 〈칠곡 가시나들〉 할머니들 인터뷰 중에서

〈칠곡 가시나들〉에 나오는 할머니들은 모두 사별한 싱글입니다. 궁금했어요. 왜 평균적으로 여자들은 남자들보다 오래 살며 할머니들의 노년이 할아버지보다 더 행복하고 풍요롭게 보일까?

"할머니, 뭐가 급해서 할아버지들은 일찍 돌아가셨을까요?"

"몰라. 영감쟁이들이 하나같이 술을 마이 묵더라. 우리가 잘해줬는데 다들 그냥 일찍 가뿌데."

김정운 교수의 『나는 아내와의 결혼을 후회한다』를 보면 재밌는 연구가 나옵니다. 금실 좋은 노부부가 함께 지내다 할머니가 먼저 죽으면 할아버지는 평균 6개월 이내에 죽고, 할아버지가 먼저 죽으면 할머니는 평균 4년 정도 더 산다고요. 부부 중에 보통 남편의 나이가 더 많으니 당연하다고 생각할 수 있겠지만, 노년의 부모님을 모시는 자녀에게는 조금 심각한 연구 결과입니다.

"부모님 중에 누가 더 오래 사시는 게 나을까?" 친구들에게 물어보면 열이면 열 어머니라고 대답합니다. 자식들이 보기에도 홀로된 어머니가 홀로된 아버지보다 재밌게 잘 사실 거란 게 자명한가 봐요.

나이 들어갈수록 할아버지는 할머니를 더 자주 찾고 할머니는 할아버지를 귀찮아하시더군요. 할머니는 독립적으로, 할아버지는 의존적으로 점점 변해가죠. 할아버지들의 행복은 할머니와 함께 사느냐가 중요한 요소지만 할머니들의 행복은 할아버지의 존재가 별로 영향을 미치지 않는 듯합니다.

칠곡군 약목면 복성2리를 보면, 할머니와 할아버지의 사회적 영역은 확연히 구분됩니다. 할머니들은 마을회관에, 할아버지들은 막걸리 가게에 모여서 따로 노셨어요. 아침에 대문을 나서자마자 할아버지들은 체면 모드로 전환합니다. 집에서 그렇게 할머니를 찾던 할아버지들이지만 할머니들의 공간 근처에는 얼씬도 하지 않았습니다.

사실 저는 이해가 잘 안 됩니다. 남자사람 친구, 여자사람 친구처럼 할머니사람 친구는 왜 불가능한 걸까요? 나이 든다고 할머니에 대한 관심이 싹 사라져버리는 건 아닐 텐데요.

복성2리 문해학교에 홀로된 할아버지 학생이 나타났다고 생각해보세요. 당연히 할머니들의 사랑을 듬뿍 받을 거예요. 할머니들 사이에서 썸 타다 보면 하루하루 사는 게 더 재미질 것 같지 않나요? 담배 냄새 짙게 밴 칙칙한 막걸리 집에 모여, 고혈압 있는 분들도 많은데 왜 주로 정치 이야기를 나누면서 흥분해 목청을 높이실까요. 미스터리입니다.

할아버지는 전국 모든 문해학교의 고민이에요. 아무리 할아버지 학생들을 모시려 해도 잘 안 나오시거든요. 충청남도 서산에서 평생교육을 담당하던 공무원도 할아버지들 때문에 걱정이 많았습니다. 관내 700여 명의 문해학교 학생들 중 할아버지는 딱 세 분 있었는데 이 분들마저 안 나오시면 문해학교가 할머니 학교가 된다는 거죠.

혼자 사는 할머니 학생들은 그러시더군요, 만약 영감이 살아 있으면 우리가 학교에 나오게 그냥 뒀겠느냐고. 아휴 그놈의 영감 생각만 해도 언슨시럽다*. 차라리 없는 게 낫다. 한 번 더 같이 살라고 하면 당장 가출하겠다는 분들도 많았습니다. 물론 농담, 이시겠죠?

어휴 저 화상

– 노정임

평생 돈을 벌지 않는 저 화상
가장인데 노력하지 않는 저 화상
술 먹고 놀기 좋아하는 저 화상
아이들과 추억이 없는 저 화상
어휴 저 화상

---

* 언슨시럽다 : '지긋지긋하다'의 사투리(경남). (출처 : 『우리말 방언 사전』) 사전에는 경남 사투리로 나오지만, 경북 칠곡 할머니들도 자주 사용하는 말이다.

보기만 하면 자꾸 미워지는 저 화상
나와 결혼한 지 어언 38년 저 화상
젊어선 참이슬 마셔대던 저 화상
이젠 건강 생각해서 소주를 막걸리로 바꾼 저 화상
그래도 어쩌겠나 저 화상
나 없으면 불쌍한 저 화상
남은 삶도 으르렁 같이 살아야지 저 화상

전국 문해학교 할머니 학생들 앞에서 말할 기회가 종종 있는데요, 노정임 할머니의 「어휴 저 화상」이란 시를 읽어드리면 반응이 재밌습니다. 그 새댁은 화상이라도 있어서 참 좋겠네 하는 소수 의견도 있지만 대부분은 죽은 영감 얼굴 꿈에 볼까 무섭다, 그 새댁이 진짜 제대로 된 화상이랑 안 살아봐서 철없는 소리를 한다며 까르르 하십니다.

칠곡군 약목면 복성2리 막걸리 가게에 가서 할아버지들에게 이 시를 읽어드린다면 어떻게 될까요? 절반도 읽기 전에 정치 얘기로 화제를 돌리실 거예요. 사내놈이 할망구*들만 편애한다고 저를 혼내실지도 모릅니다.

할아버지들과 할머니들의 공간을 지켜보면서 한 가지 분명한 차이를 느낄 수 있었어요. 바로 웃음입니다. 마치 할머니들은 살짝 스쳐도 까르르 하고, 할아버지들은 톡 건드리면 버럭 할 준비가 된 것처럼 보였습니다. 할머니들의 마을회관에는 별일 없어도 웃음이 넘치고, 할아버지들의 막걸리 가게에는 온갖 '썰전'으로 화가 넘쳐요. 할머니들은 〈아침마당〉 동원 방청객 아르바이트를 하셔도 좋을 만큼 자연스럽게 잘 웃는 분들만 모아놓은 것 같았고, 할아버지들은 바로 앞에 유재석 씨를 모셔 와도 쉽지 않겠구나 싶었어요.

이야기의 스케일도 다르더군요. 할아버지들은 정치와 경제를 아우른 거창한 주제를 좋아합니다. 한 가지 소재를 놓고도 자유당 때부터 박정희, 전두환 대통령 시절을 넘나드는 통시적 접근법을 즐겨 구사하세요. 경운기 기름값이 얼마인지에서 시작해 5공 때 유가도 쌌고 경제가 좋았다는 이야기를 거쳐, 요즘 경기가 안 좋아 큰일이다로 마무리하는 식이지요. 감히 좋았던 그 시절 '라떼는 말이야'에 반론을 제기하기 어려운 분위기입니다. 가장 큰 문제는 재미가 없다는 거죠.

---

* 할망구 : '할머니'의 사투리(경상, 전라, 강원). (출처 : 『우리말 방언 사전』)

유머는 디테일과 반복의 미학이죠. 할머니들은 사소한 일상에서 즐거움을 포착해내고 이야깃거리를 찾아내는 선수들이에요. 〈인간극장〉 주인공 할아버지에 대한 TMI(too much information, 과도할 정도로 상세한 정보)까지 분석하며 추리하지요. 사부작사부작 작은 것에서 재미를 건져 올려 웃음으로 이야기를 연결시키더군요. 맞장구쳐주는 사람이 많으니 대화가 끊어지지 않습니다. 마을회관에서는 매일 오전 시간이 순식간에 사라질 정도로 투 머치 퍼니 토커들의 만담이 펼쳐지고 폭소가 만발합니다.

이런 광경을 지켜보면서 할아버지들이 안쓰러울 때가 많았어요. 할아버지들은 할머니들과 노는 방법을 모르는 듯했거든요. 할머니들과 어떻게 이야기를 시작하고 반응을 보이고 질문하고 웃어줘야 하는지 갈피를 잡지 못하셨죠. 할머니들은 같이 안 놀아도 아쉬울 게 없어요. 할아버지가 끼면 계속 가르치려고 하니 갑자기 분위기만 싸해지고 결국에는 할머니들도 선을 긋게 됩니다.

자주 그리고 많이 웃는 게 성공적인 인생이라지요. 웃음기 사라진 할아버지들만의 공간에서 거창하고 공허한 시사토론으로 인생의 마지막 시간을 보내는 건 우리나라 노년 남성들의 집단적인 비극입니다. 엄격한 남녀 구별과 체면, 가부장 문화의 부메랑이 재미없는 인생 마무리란 형벌로 돌아와 고통을 주는 느낌이랄까요.

습관은 체형에서 드러나고 행복은 얼굴에서 나타난다잖아요. 우리나라 장년과 노년 남성, 그러니까 아저씨와 할아버지들의 얼굴에는 화난 표정이 기본 옵션으로 탑재되어 있는 것처럼 보입니다. 웃음으로 튜닝하지 않으면 친해지기 전에는 좀 무섭죠. 저희 또래도 친구들끼리 만나면 이런 얘길 해요. 나이 드니까 우리 얼굴에서 다양함이 사라지고 점점 화나고 딱딱한 표정 하나로 굳어지는 것 같다고.

『100년을 살아보니』의 저자 김형석 교수님과 만나 얘기해볼 기회가 몇 차례 있었는데요, 속으로 감탄했습니다. 아, 바로 이거다! 이 분의 얼굴이 남자들이 꿈꿔야 할 본보기로구나. 빅 스마일! 정말 활짝 웃으시더군요.

웃음은 재미의 결과이자 시작입니다. 행복의 엔진에 시동을 거는 소리지요. 할아버지들은 반복적인 일상에서 재미를 못 느껴 웃을 일이 없기도 하겠지만, 웃음이 없으니 재미가 생기지 않는 겁니다. 아무리 웃기는 시트콤도 웃음 더빙을 빼고 보면 재미가 뚝 떨어져요. 옆에서 누가 웃어줘야 내가 더 웃게 되거든요. 우물물도 퍼내야 새 물이 괴듯, 웃다 보면 숨은 재미를 찾는 눈이 밝아져 웃을 일이 계속 생겨요. 웃으면 복이 온다잖아요. 인생이 술술 잘 풀려서 웃는 게 아니라, 웃다 보면 문제가 해결되기도 하거든요.

우리 할아버지들이 더 행복하시려면 체면을 던지고 할머니들과 함께 놀아야 합니다. 잘 웃는 사람 곁에 있어야 해요. 재밌게 나이 들고 싶다면 나를 웃게 하는, 내 말에 웃어주는 사람에게 나아가야 합니다.

저는 결심했습니다.

나중에 할머니들에게 꼭 붙어 있기로.

젖으면 홀딱 벗고 말리면 돼

칠곡군 약목면의 첫인상은 반쯤 도시화가 진행되다 멈춰버린 것처럼 밋밋했습니다. 농촌과 도시를 중화시켜서 지역 고유의 향기를 증발시켜버린 느낌이랄까요. 다큐멘터리 만드는 사람들이 피하고 싶은 배경이지요.

할머니들의 동선을 따라 천천히 동네를 돌아다니면서 몇 달을 보내자 새로운 매력이 눈에 들어오기 시작했습니다. 큰길 뒤로 숨어 있는 구불구불 정겨운 골목, 할머니들의 키에 맞춘 듯 야트막한 담벼락 위 나른한 고양이들, 그 너머 감나무와 석류나무, 날씨와 시간에 따라 분위기가 달라지는 저수지…. 평범한 풍경 속에서 은은한 아름다움을 발견한 거죠. 공간은 그대로인데 제 눈이 달라졌습니다. 신기한 경험이었어요.

할머니들을 졸졸 따라다니다가 추억과 이야기가 숨어 있는 보석 같은 장소를 만나기도 했지요. 마을회관에서 5분 거리에 있는 빨래터가 바로 그런 곳입니다.

"아무리 추운 겨울날에도 여기는 한 번도 안 얼어붙었어. 늘 땅 밑에서 맑은 물이 졸졸졸 올라오거든. 여기서 빨면 때도 잘 간다. 빨래터 이거는 백 점짜리라."

집집마다 세탁기가 있는 요즘도 복성2리 할머니들은 한 번씩 적은 빨랫감을 만들어 빨래터에 들리시곤 했어요. 마을회관을 벗어나 친구들과 수다도 떨고, 빨래를 핑계로 한잔하시려는 거죠. 빨랫거리가 없는 할머니들도 이 재미를 놓칠 수 없습니다.

"에이 힘들어서 빨래 못하겠다. 술 한잔 먹고 해야겠다. 내가 돈 줄 긴께 가게에 가서 막걸리 달라 캐라. 안주도 달라 하면 준다."

박금분 할머니가 바람을 잡자 빨래터가 순식간에 야외 주점으로 변신했어요. 할머니들은 주거니 받거니 술을 드시다가 빨래하러 온 칠십 대 새댁들에게도 막걸리를 권했고, 새댁들은 또 믹스커피와 수박을 내왔습니다. 왁자지껄한 장날처럼 흥겨웠어요. 처음 보는 이웃 간에도 경계심 없이 안부를 묻고 술과 음식을 권하며 모여 노는 마을 공동체. 도시에서는 오래전에 사라져버린 광경이지요.

물을 보면 장난을 치고 싶은 건 아이들이나 할머니들이나 똑같은가 봅니다. 술기운이 오르자 곽두조 할머니와 강금연 할머니가 빨래를 휘두르기 시작했습니다. 베개싸움은 알아도 빨래싸움은 처음이에요. 저러다 진짜 싸움이 될까 걱정될 정도로 과격하게 노시더군요. 가볍게 물을 튀기는 정도가 아니라 빨래에 물을 흠뻑 적셔 풍차처럼 돌리셨어요.

"에이, 이 할마시 또 시작이다."

"각산댁 잘한다. 물을 확 퍼부어버려."

"이제 고만해. 내일 장날에 입을 옷 없다카이."

"바가지로 퍼부어버려라. 젖으면 홀딱 벗고 말리면 돼. 으흐흐흐."

할머니들은 옷이 다 젖을 때까지 신나게 노셨어요. 그 옛날 새댁 시절에도 빨래하다 말고 물장난 치며 어린아이처럼 웃었겠지요. 할머니들에게 빨래터는 육칠십 년 전으로 돌아가는 타임머신인 셈입니다. 빨래는 고된 노동이었지만 빨래터는 안식처였고 새댁들의 만남의 광장이었습니다. 시집살이에 지친 여성들이 서로를 위로하며 방망이질로 스트레스를 풀 수 있었던 유일한 웃음의 공간이었죠.

〈칠곡 가시나들〉 관객과의 대화에서도 빨래터에 대한 이야기가 많이 나왔습니다. 육십 대 딸과 함께 온 팔십 대 할머니의 말씀이 인상 깊었어요.

"저긴 아직 빨래터도 그대로 남아 있고 옛날 친구들이랑 같이 늙어가는 걸 보니 부럽네요. 잃어버린 고향을 생각나게 해줘서 고맙습니다."

더 많은 것을 가진 서울 할머니가 시골 할머니들을 부러워할 때도 있구나. 도시의 편리함을 가졌지만 옛 추억을 간직한 고향마을과 공동체를 잃어버린 아쉬움이겠지요.

아파트는 심심하다
몸은 편안데 재미가 업다
우리 칠곡 할매들도
내가 업서이
마이 심심하끼다

- 박금분, 「아파트는 심심하다」 중에서

폭염을 피해 도시의 큰딸 집에 온 박금분 할머니는 심심해 보였습니다. 강아지랑 둘이서 화투를 칠 수도 없으니 그냥 TV만 보면서 딸이 퇴근하기만 기다리셨어요. 털이 많이 빠지는 강아지를 집 안에서 키우는 것도 못마땅하고, 데리고 나가 산책시켜야 하는 것도 어색합니다.

"개는 털이 있으니까 더워서 헥헥헥 그런다. 그래도 강새이* 데리고 나왔더니 없는 것보다는 훨씬 낫네. 말 상대도 되고. 할머니, 산책시켜줘서 고마워요 캐라."

강아지랑 얘기하며 아파트 담벼락을 따라 걷는 할머니가 쓸쓸해 보였습니다. 칠곡에서 봤던 당당함은 사라지고 할머니는 어딘지 모르게 주눅 든 모습이었어요. 아파트 단지 경로당에는 들어가지 않았고 아무도 없는 놀이터 미끄럼틀 주변만 서성이더군요. 맞벌이 자녀를 위해 손주 봐주러 도시로 떠난 할머니들이 겪는다는 우울감이 이런 거겠죠. 나이 든 사람들에게 이 거대한 도시는 외롭고 심심한 외딴섬 같은 공간일 수도 있겠구나. 박금분 할머니에게 빨래터와 가장 대조되는 공간은 아파트란 생각이 들었습니다.

도시에서 나이 들어간다는 건 아파트 숲에 둘러싸여 빨래터

---

* 강새이 : '개'의 사투리(경상). (출처 : 『우리말 방언 사전』)

를 그리워하며 산다는 거겠지요. 문득 내가 칠곡 할머니들의 나이가 되면 내 마음속 빨래터 같은 공간이 남아 있을까 궁금해졌어요. 내가 좋아하는 산책길, 주말 오후 가만히 앉아 있다 오는 용산가족공원의 그 벤치, 갈레트가 생각나면 들르는 효창공원 근처 빵집, 마음을 말랑말랑하게 해주는 골목길 독립서점 같은 소중한 그 공간들이 갈아엎어지지 않고 나랑 같이 나이 들어갈 수 있으면 좋겠습니다. 박금분 할머니의 빨래터처럼 말이죠.

시

박금분

가마이 보니까 시가
참 만타
여기도 시
저기도 시
시가 천지삐까리다

모든 걸
냄새로 알았다

대학 3학년이던 1990년, 교환학생으로 영국 셰필드에 있었습니다. 지금은 도시 재생사업으로 확 달라졌는데 그때만 해도 산업혁명의 흔적이 셰필드 곳곳에 남아 있었어요. 위압감을 주는 거대한 굴뚝의 단순하고 건조한 균형미 같은 거죠. 실직한 철강회사 근로자들이 먹고살기 위해 벌이는 눈물겨운 스트립쇼를 그린 코미디 영화 〈풀 몬티〉를 보면 예전 셰필드 분위기를 느낄 수 있습니다. 당시 제가 머물던 대학 기숙사도 처음에 감옥으로 지었을 거라고 농담할 만큼 삭막했어요.

전형적인 영국 비가 부슬부슬 날리던 어느 날 저녁이었어요. 기숙사 강당에서 건물 분위기와 전혀 어울리지 않는 로맨틱한 라틴음악이 새어나오는 겁니다. 호기심에 살짝 들여다봤는데 세상에, 눈을 뗄 수가 없었습니다. 만남의 환희와 이별의 고통을 표현한 듯 다가섰다 멀어지는 커플 댄스의 텐션, 부드러운 골반의 움직임, 이국적인 룸바 선율, 둘이 함께여서 가능한 매혹적인 선, 이런 환상의 세계가 있었구나. 볼룸 댄스에 첫발을 디디던 순간이었어요.

서울에 돌아와서도 계속 배우고 싶어 알아봤지만 영국에서 맛봤던 볼룸 댄스를 가르치는 선생님은 찾지 못했습니다. 간판에 '사교댄스'라 적혀 있어서 들어가보면 연세 지긋한 선생님이 성인 카바레에 특화된 지르박과 블루스란 춤을 가르치고 있었어요. 자네가 여길 왜? 아직 여기 올 나이는 아닌 것 같은데. 젊은이, 혹시 제비족을 꿈꾸는 건가? 이런 표정으로 바라보시더군요.

군 제대 후 광화문 근처 금융회사에서 첫 직장생활을 시작했는데, 어느 날 중앙일보 문화센터에서 댄스스포츠 강좌 회원을 모집한다는 신문광고를 보게 되었어요. 룸바, 탱고, 왈츠, 차차차! 아, 반가워서 울 뻔했습니다. 만날 춤은 언젠가는 만나진다고 했던가요. 드디어 이 땅에도 바람직한 댄스 문화가 정착되는구나. 바로 등록

했고, 일주일에 삼사일씩 회사 퇴근 후 안국동 중앙일보 문화센터로 출근해 댄스스포츠 배우는 재미로 살았습니다. 꽁꽁 언 대패삼겹살의 지방이 불판 위에서 풀어지듯, 냉동시켰던 댄스 세포가 플로어 위에서 녹아 꿈틀꿈틀 하나씩 되살아나는 느낌이었어요.

고등학생이 당구에 빠지면 칠판이 당구대로 보이고, 샐러리맨이 댄스스포츠에 빠지면 복사하러 가면서도 스텝을 밟습니다. 점심 먹고 나면 자꾸 시계로 눈이 갔어요. 빨리 퇴근해서 춤추러 가고 싶은 생각밖에 없었거든요. 오후 다섯 시 이후는 고장 난 시계처럼 시간이 더디 흘렀죠. 춤출 때 빼고 나머지 시간은 3배속으로 플레이시키고 싶었어요. 내가 드디어 미쳤구나. 정신을 차려보면 지하철 플랫폼에서도 스텝을 밟고 있는 제 모습에 놀라곤 했지요. 세상은 온통 춤으로 가득 차 있었습니다.

스오 마사유키 감독의 영화 〈쉘 위 댄스〉를 보면 춤바람에 빠져 설레던 그 시절이 떠오릅니다. 예기치 않게 댄스와 사랑에 빠지게 된 사람의 미묘한 심리와 행동 변화가 재밌고 리얼하게 묘사되어 있거든요.

〈쉘 위 댄스〉의 주인공 스기야마는 모범 가장이고 성공적인 샐러리맨이지만 무기력증에 빠져 모든 게 다 시들합니다. 일상은 집과 일터의 무의미한 무한 루프이지요. 어느 날 전철에서 무심코 바라본 스기야마의 시선이 사교댄스 교습소 창가에 꽂히자 무료한 일상에 파문이 일어납니다. 춤이란 원초적 설렘의 세계로 빠져들지요.

〈칠곡 가시나들〉을 만들면서 문해학교 할머니들이 〈쉘 위 댄스〉의 중년 남성 스기야마와 비슷하다는 생각이 들었습니다. 둘 다 설렘에 관한 영화입니다. 〈칠곡 가시나들〉은 〈쉘 위 댄스〉의 칠곡 할머니 버전인 셈이에요.

칠곡 할머니들의 일상도 스기야마처럼 안정된 지겨움으로 채워져 있었습니다. 지독한 노동을 딛고 자식들 모두 잘 키웠지만, 설렘 없는 하루하루가 반복될 뿐이었어요. 한글을 배우기 전 할머니들의 시간은 술, 화투, TV의 무한 반복이었습니다. 어느 날 마을에 문해학교가 생기자 할머니들의 일상도 모든 게 달라졌어요. 아침에 눈뜨는 게 즐거워지다니! 어느새 마음에 설렘이 들어온 거죠. 반장을 맡은 박금분 할머니의 일상도 재구성되었습니다.

"화요일 목요일, 공부하는 날이면 하루도 안 빼먹고 내 손으로 마을회관 문을 열었습니다. 내가 반장이니까 당연히 그래야지. 몸이 아무리 아파도 수업 없는 날에 병원에 갑니다. 딸집에 갔다가도 수업 전날에는 꼭 돌아왔거든예. 마을회관에 숨겨둔 영감이 있느냐고 딸들이 놀려요. 아침 일찍 마을회관 문을 열고 들어가서 혼자 조용히 책 펴고 숙제하면 기분이 참 좋습니다. 손은 달달 떨려도 내가 진짜 학생이 됐구나 싶어요."

글자를 모르이 냄새로 알았다
참기름 냄새가 나면 기름장이 집
족발 냄새가 나면 족발장이 집

– 안윤선, 「냄새」 중에서

"다른 가게는 무얼 파는지 알겠는데 '땅'이라 적힌 가게는 냄새도 안 나고 지나다닐 때마다 맨날 궁금했거든예. 부끄러워서 어디에다 물어보기도 그렇고."

공부를 시작하자 변화가 찾아왔습니다. 몸의 감각으로만 얻던 정보를 글자와 숫자로 알게 되었죠. 돈도 색깔로 구별했던 할머니들이 이제 숫자로 계산합니다. 공간적 정서적 지평이 넓어졌어요. 윤종신 씨의 노랫말처럼, 다시 태어난 것 같아요. 모든 게 다 달라졌어요. 예전에 보이지 않던 게 보이기 시작하니 선택의 자유가 주어졌습니다.

시장에 갔는데 배가 고파
중국집에 들어가 무엇을 시킬까?
짜장 우동 짬뽕…
예전에는 보이지 않던
메뉴판 글자가 보인다.

짬뽕 한번 먹어볼까?
여보세요, 여기 짬뽕이요!
메뉴와 가격을 보고 당당하게 시켰다.
무조건 짜장만 시켜 먹던 내가
골라 시키는 일이 벌어졌다.

- 전금옥, 「여보세요, 여기 짬뽕이요」 중에서

평생 수줍게 짜장만 시켜 먹던 사람이 당당하게 짬뽕을 주문하는 즐거움을 아시나요? 언젠가는 유산슬에 도전할 날도 오겠지요. 세상은 그대로이지만 할머니들의 세상은 새로워졌습니다. 문해학교에 나오는 할머니들은 한목소리로 말합니다. 사는 게 더 재밌어졌다고.

무료한 일상의 문턱을 넘어 설렘을 찾아 나서기까지 할머니들도 스기야마도 얼마나 많이 고민했을까요. 〈쉘 위 댄스〉가 나올 당시 일본 사회 분위기를 생각해보면 멀쩡한 중년의 샐러리맨이 어느 날 갑자기 댄스에 자신을 던지는 건 엄청난 파격이었겠지요. 가족들과 직장 동료들의 반응은 두렵기만 합니다. 스기야마에게 댄스는 가정의 평화와 사회적 평판을 건 모험이었던 거죠. 그래도 예전의 스기야마로 돌아갈 수는 없습니다. 몸의 움직임이 주는 순수한 설렘을 알아버렸거든요.

살다 보면 누구나 한 번쯤 설렘으로 들어가는 좁은 문 앞에 서게 될 거예요. 그 문 입구에는 두려움이라는 괴물이 지키고 있다가 이렇게 물어보지요. 오늘 당신은 무엇을 배우려 하시나요? 스기야마에게 댄스는, 할머니들에게 한글은 설렘으로 들어가는 입장권이었어요.

설렘의 시작은 배움입니다. 두려움을 넘어 배움으로 나아가지 않으면 나를 기다리는 건 어제와 똑같은 지겨운 일상뿐이에요. 시간은 무디게 흐르고 무료함이 영혼을 잠식하지요. 오직 설렘만이 나이 든 자에게 생기와 재미를 공급합니다. 재밌게 나이 들고 싶다면 내 가슴을 뛰게 하는 새로운 무언가를 배워야 해요. 글이든, 춤이든, 노래든, 아코디언이든…. 당신이 스기야마든, 서울 할머니든,

부산 할아버지든….

음악을 온몸으로 느끼면서 즐겁게 추는 것, 그게 댄스예요.

Shall we dance?

순화
중화요
시장식
채소
생선
주류
따

냄새 안 나도 인자 다 안다

간판에 땅 하면 농사지을 땅 사고파는 집

- 안윤선, 「냄새」 중에서

2장

할머니와 푸시킨

새하얀 교복 한번 입고 싶어서

칠곡 문해학교 할머니들이 가장 좋아하는 시인은 푸시킨입니다. 사실 잘 아는 시인이 푸시킨밖에 없습니다. 국가평생교육진흥원이 만든 문해학교 교과서 『소망의 나무』에서 리을미음(ㄻ) 받침을 공부할 때 푸시킨의 유명한 시 「삶이 그대를 속일지라도」를 같이 배웠거든요. 할머니들은 이 시를 참 좋아하셨어요. 시를 필사하고 암송하는 숙제를 할 때마다 당신의 인생이 눈앞에서 강물처럼 흘러가는 것 같았다고 말씀하셨지요.

칭얼대는 코흘리개 동생 등에 업고 울었네

학교에 가고 싶어서

뜨거운 여름 뙤약볕 밭머리에서 호미 들고 울었네
친구들과 도란도란 공부하고 싶어서

비 오는 밤 구슬픈 노랫가락에 울었네
글자 가득한 책이 읽고 싶어서

중학교 가는 동생 교복 깃을 다려주다가 울었네
새하얀 교복 한번 입고 싶어서

- 오태순, 「나는 울었네」 중에서

그녀들의 인생은 눈물의 기다림입니다. 코흘리개 동생을 등에 업고 교실 밖 창문 너머로 선생님의 얼굴 훔쳐보며 언젠가 학교에 갈 수 있기를 기도하며 기다렸습니다. 열여덟 앳된 나이에 시집와서는 밤마다 눈물 삼키며 다시 고향에 가서 엄마 만나는 날만 기다렸고, 전쟁 중에는 남편이 무사히 돌아오기만 손꼽아 기다렸지요. 홀로된 후 아이들 키울 때는 끝 모를 노동에서 벗어나기만 기다렸고, 이제 드디어 평생을 기다려왔던 선생님을 만났습니다. 선생님이 푸시킨의 시로 할머니들의 험난한 삶을 위로하네요.

삶이 그대를 속일지라도
슬퍼하거나 노하지 마라
괴로운 날들을 참고 견디면
기쁨의 날이 오리니

"뿌시킨인지 부지깽인지 그 사람 글 참 잘 씁디다. 근데 옵니다, 옵니까, 오나요는 알겠는데 오리니는 무슨 말인지 잘 모르겠어요. 요새 말은 참 어렵습니다."

칠곡 문해학교 박금분 할머니는 옷 주머니마다 푸시킨의 시가 적힌 쪽지를 넣어 다닙니다. 저에게 쪽지를 선물로 주면서 그러셨어요. 가지고 다니다가 한 번씩 꺼내 읽으라고. 좋은 일이 생길 거라고. 눈물 날 때 꺼내 읽으면 눈물이 조금 더 나지만 곧 기분이 좋아진다고.

"뿌시킨이 내 인생을 알고 썼나 싶어요. 이게 내 이야기라. 그렇게 괴로운 날들을 참고 견뎠더니 보이소, 기쁨이 왔잖아. 이 시를 읽으니까 기분이 좋아집니다. 부적처럼 가지고 다닙니다, 하도 좋아서."

고백하자면 나는 이 시를 별로 좋아하지 않았어요. 운명에 체념한 자의 상투적인 넋두리라 생각했거든요. '노하지 마라'보다 '분노하라'는 글에, '참고 견디라'보다 '변화시키라'는 메시지에 마음을 주고 살아왔습니다.

다시 눈을 감고 푸시킨의 시를 암송해봅니다. 인생을 구십쯤 살아본 분들이 추천하시니 시가 조금 달리 보이네요. 기나긴 세월의 무게를 견딘 사람만이 볼 수 있고 감동할 수 있는 무언가가 있구나. 푸시킨의 시를 사랑하는 박금분 할머니의 혼잣말이 또 다른 시처럼 들렸어요.

기다리고, 기다리고, 또 기다렸던 내게도
기쁨의 날이 오리니
오리니

어쩌면 곧 오리라 믿으며 아직 오지 않은 기쁨의 날에 대한 기다림이 달콤쌉싸름한 인생의 본질인지도 모르겠네요. 주위를 둘러보면 암담한 현실에 한숨밖에 안 나올 것 같은데 늘 미소를 잃지 않는 사람들이 있지요. 눈물로 기다리지만 웃음으로 사는 '오리니' 정신입니다. 아직 오지 않았지만 이미 온 것처럼 사는 분들이에요.

매일 기도를 빠트리지 않는 어머니께 여쭤본 적이 있습니다.

"평생을 날마다 한 시간 이상 기도하는데 아직도 기도할 게 남아 있어요?"

"그럼, 기도할 게 얼마나 많은데."

어머니들의 기도는 거의 인디언 기우제입니다. '오리니' 정신으로 기도가 이루어질 때까지 계속하시거든요.

저랑 박금분 할머니는 기다림을 바라보는 마음이 달랐습니다. 저에게 기다림은 '원하는 게 이루어지지 않은 괴로움'을 의미했어요. 할머니에게 기다림은 '괴로운 현실에서도 소망을 품고 웃으며 오늘을 살아감'이었어요. 할머니 행복의 비밀입니다.

행복한 사람에게 미래는 항상 낙관적이더군요. '오리니'거든요.

교복

– 김순임

나는 좋으면서
눈물이 나왔다.

열다섯에 입는 교복을
육십에 입었다.

내 이름은 분한이

우리 어매* 딸 셋 낳아
분하다고 지은 내 이름 분한이

내가 정말 분한 건
글을 못 배운 것이지요
마흔서이에 혼자되고
쭈그렁 할머니가 되어

* 어매 : '어머니'의 사투리(경상, 전라, 충남). (출처 : 『우리말 방언 사전』)

공부를 시작했어요
글자만 보면 어지러워
멀미가 났지만
배울수록 공부가 재미나요

구십에 글자를 배우니까
분한 마음이 몽땅 사라졌어요

– 권분한, 〈내 이름은 분한이〉 중에서

2019년 전국 성인문해교육 시화전에 출품된 안동 권분한 할머니의 시 첫 구절을 읽는 순간 숨이 턱 막혔어요. 참 잔인하다. 어떻게 사람 이름에 너는 분한 존재라고 새길 생각을 했을까. 딸을 낳아서, 딸로 태어나서 분했던 시대의 아픔을 그 이름으로 박제해놓았구나.

이름처럼 인생도 분한 일의 연속이었습니다. 어릴 때 집안일을 돕느라 공부할 수 없었던 할머니는 열 살이 넘어 처음 학교에 갔지만 나이가 많다고 받아주지 않았답니다. 열아홉 살에 결혼해

5남 1녀를 낳아 키울 때도 글 모르는 서러움을 톡톡히 겪었지요. 수십 년 전 군대 간 아들이 사고로 병원에 입원했을 때도 버스에 적힌 행선지를 읽지 못해 눈물을 흘리며 찾아 헤맸습니다. 2017년 마을에 문해학교가 생겼고, 지금은 버스번호와 노선도를 보고 어디든 혼자 다닐 수 있어 사는 게 즐겁다고 하시네요. 권분한 할머니가 자신의 이름, 자신의 분한 인생과 화해하는 데 구십 년이 걸렸습니다.

날마다 들에 나가
소먹이 풀을 베고
많이 울었다

소야 너는 좋겠다
말을 못하니
글을 몰라도 되니
차라리 나도 소가 되고 싶었다

- 강옥자, 「내 친구는 소」 중에서

문해학교 할머니들의 시를 보면 당신 자신을 소 같다고 표현할 때가 많았습니다. 고생만 하다가 끝내 살까지 다 내어주고 떠나는 소는 이름도 없고 글도 모르는 서러운 존재로 묘사되어 있었어요. 평생 소처럼 서럽게 일만 하며 살아왔는데 누군가 그녀들의 이름을 불러주었을 때 비로소 자신이 소중한 사람으로 느껴졌다고 하셨지요.

60 평생 되도록
나에게는 이름을 불러주는 사람이 없었어요.
학생이 되니
친구들이 내 이름을 불러주네요.
처음에는 쑥스러워 어쩔 줄 몰라했지만
흔한 내 이름이 자랑스러워요.

- 최숙자, 「나는 학생이에요」 중에서

영화 〈칠곡 가시나들〉을 본 영부인 김정숙 여사로부터 할머니들 한 분 한 분 이름을 새긴 책 주머니 선물과 편지가 도착했습니다.

"한 땀 한 땀 수를 놓듯 처음으로 이름 석 자를 쓰고, 처음 편지를 쓰고, 우체국에 가고, 아무도 꿈이 무엇이냐고 묻지 않았던 세월을 건너 가수라는 꿈을 찾아 노래자랑에도 나가고… 나는 박금분, 나는 곽두조, 나는 강금연, 나는 안윤선, 나는 박월선, 나는 이원순, 나는 김두선. 당당하게 말하는 그 이름들 앞에 어떤 인생이 펼쳐질지 기대됩니다….”

편지에서 한 분씩 이름이 불리자 할머니들이 어린아이처럼 펑펑 울기 시작했습니다. 그런 모습은 처음 봤어요. 자식과 손녀, 이별과 외로움을 이야기할 때도 눈가가 촉촉해지다가 돌아서서 살짝 눈물을 훔치는 정도였거든요. 이름이라는 게 이런 거구나. 평생 슬픔을 삼키는 일에 단련되어 있고 죽음도 유머의 소재로 삼을 만큼 유쾌한 할머니들도 누군가 당신들의 이름을 다정히 불러주었을 때 평생 눌러왔던 감정을 눈물로 쏟아냈습니다.

내 이름은 권분한이다. 우리가 바로 여자란 이유로 학교에 못 갔던 그 가시나들이다. 차별과 금지, 상처와 눈물의 이유였던 ‘가시나’는 ‘가장 시작하기 좋은 나이’의 줄임말이라지요. 선생님이 그녀들의 이름을 불러주니, 서러운 그 이름이 새로운 의미로 다가오네요. 내 이름은 박금분. 나는 할매면서 학생이다!

할머니 여기 사인하세요
사인이 머꼬?
여기 빈칸에 이름 쓰세요

이름을 써주고
바퀴벌레 약을 받아왔다
기분이 좋았다

이름 쓰는 것이 사인인 줄
그때서야 처음 알았다
자꾸만 웃음이 났다

– 박영희, 「사인했어요」 중에서

반침 두 개짜리는 누가 만들었노

촬영하다가 드물게는 내가 치유되는 느낌이 들 때가 있습니다. 이 직업을 갖길 참 잘했다 싶을 만큼 그냥 보고만 있어도 행복해지는 황홀한 순간이지요. 〈칠곡 가시나들〉을 촬영할 때는 할머니들의 글 쓰는 모습이 그랬습니다. 보이고 들리는 모든 것들이 사랑스럽게 느껴졌어요.

할머니들의 손은 몽당연필과 대비되어 더 커보였습니다. 갈아엎은 짙은 흙처럼 까무잡잡한 손등에는 노동의 고달픔이 배어 있었고, 손바닥 주름의 골은 삶의 시름이 침식된 흔적처럼 보였어요. 스윽슥 손이 종이에 밀리는 소리랑 사각사각사각 미세하게 들리는 연필과 종이의 마찰음도 부드럽게 고막을 만져줍니다. 기분 좋게 소름 돋는 소리랄까요. 할머니들 글 쓰는 소리만 들려주는 유튜브 ASMR 채널이 있으면 좋겠다 싶을 정도로 쉼을 주는 사운드였어요.

그러다 한 번씩 확 깨는 탄식도 미소를 자아냈습니다.

"에이 씨, 잘못 썼다."

"하아… 받침 두 개짜리는 누가 만들었노."

"숙제가 없으면 좋겠어."

"늙으면 죽어야지. 이제 머리도 손도 혀도 아무것도 안 돌아가."

"뭔 재미를 보겠다고 이 나이에 글을 쓰고 자빠졌노. 하이고."

이른 아침 연필 잡은 할머니의 손을 보고 있으면 『대추 한 알』* 이란 그림책이 떠올랐어요. 장석주 시인의 맑은 시에 유리 작가의 생생한 인물과 공간이 더해진 멋진 작품이지요.

대추 한 알

– 장석주

*장석주 글, 유리 그림, 『대추 한 알』, 이야기꽃(2015)

저게 저절로 붉어질 리는 없다
저 안에 태풍 몇 개
저 안에 천둥 몇 개
저 안에 벼락 몇 개

저게 저 혼자 둥글어질 리는 없다
저 안에 무서리 내리는 몇 밤
저 안에 땡볕 두어 달
저 안에 초승달 몇 날

그림책을 보다 보면 클로즈업한 손을 종종 만나게 되는데요, 『대추 한 알』 마지막 컷은 제가 지금까지 만나본 손 그림들 중에 제일 깊은 울림을 주었습니다.

대추 한 알을 들고 있는 농부의 손. 자연스럽게 농부의 시선으로 대추를 바라보게 되지요. 농부는 어떤 심정으로 바라보고 있을까요? 얼룩진 농부의 손톱, 새끼손톱 끝에 묻어 있는 흙, 손금의 원형을 가리는 가는 주름들이 대추라는 열매와 어우러져 농부의 일상과 일생을 상상하게 합니다. 대추 안에 우주가 있어요. 그 손이 없다면 그냥 평범한 대추로 보였을 텐데, 농부의 손과 어우러져 우주의 땀과 시간의 섭리를 품은 놀라운 존재임을 일깨워주네요. 연필 잡은 할머니의 손과 대추를 든 농부의 손. 인생과 자연의 깊은 이야기가 그 속에 녹아 있습니다.

"할머니 다음 주에 다시 올게요. 보고 싶다고 울지 마세요."

"이거 차에서 오독오독 씹어 무면서 가."

차에 촬영 장비를 싣고 있는데 할머니들이 갓 딴 대추를 담은 검은색 비닐봉지를 건네셨어요. 명절에 손주들 떠나보내는 것처럼 뭐라도 손에 쥐여주고 싶으셨나 봐요. 막 서울로 출발하려는 찰나 곽두조 할머니가 차 문을 열더니 안으로 구겨진 종이 같은 것을 던지시고 재빨리 돌아섰습니다.

"딸내미 까까 사주래이."

구겨진 신사임당 얼굴. 오만 원짜리 지폐입니다. 아, 그게 할머니들에게 얼마나 큰돈인지 아는데 제가 어떻게 받나요. 제 다음 행동을 이미 간파한 할머니들은 마을회관으로 들어가 문을 닫아버리고 소리쳤습니다.

"잘 가래이. 퍼뜩 가."

"다음에 올 때는 아무것도 사오지 마래이. 빠이빠이다."

"딸내미한테 아빠 빌려줘서 고맙다 캐라, 흐흐흐."

차창 밖 가을 풍경을 바라보다가 대추를 꺼내 씹어봅니다. 설익은 과육의 질감이 입안 가득 느껴졌습니다. 『대추 한 알』에 나오는 농부의 손은 어떤 감촉일까요. 만나고 헤어질 때마다 잡아주시던 칠곡 할머니들 손의 거칠함이 떠올랐어요. 그 촉감은 마치, 처음에는 어색해도 만질수록 기분 좋아지는 굵은 입자의 크런치 슬라임 같은 느낌이지요.

주말에 어머니를 만나 손을 잡아봐야지. 문득 어머니 손을 꼼꼼히 들여다보고 싶어졌습니다.

손이 발발발발 떨린다
이 손으로 김치도 담고 국시도 밀고
딸도 많이 키웠다
이 손으로 오만 거 다했다
야야 참 고생했다

– 강금연, 「손」 중에서

일이 밀려도 나는 간다, 공부하러

〈칠곡 가시나들〉을 만들면서 계속 머리에 맴돌던 영화가 있어요. 한나 역할을 맡은 케이트 윈슬릿에게 오스카 여우주연상을 안긴 작품, 〈더 리더 : 책 읽어주는 남자〉입니다.

영화에서 전차 검표원으로 일하던 한나는 사무직으로 승진했다고 축하를 받자 표정이 굳어집니다. 그리고 돌연 직장을 그만두고 사라져버리죠. 그녀는 글을 읽을 수 없었거든요. 시간이 흘러 나치 부역자로 재판정에 서게 된 한나는 많은 사람들을 죽음에 이르게 한 보고서의 작성자로 모함을 받게 되지요. 그녀는 끝내 문맹임을 숨기고 모두 자기가 한 일이라며 무기징역을 받습니다.

처음 영화를 봤을 때는 자기가 저지르지도 않은 일에 죗값을 치르는 한나와 그녀의 비밀을 지켜주는 남자의 선택을 이해할 수 없었어요. 문해학교 할머니들을 만나고서야 한나의 심정을 조금은 알 것 같습니다. 글을 모른다는 사실을 인정하는 것은 인간으로서 마지막 자존감을 내려놓는 일이로구나.

아이들 소풍을 따라갔다
학부모 게임이 있을 때면
보물찾기를 했다

돌 밑에 숨은 종이 한 장을 찾았다
꼬깃꼬깃한 종이를 펴 보았지만
거기 쓰인 글자를 읽을 수 없었다

선생님께서 보시고는
괜찮다며 그냥 상품을 주셨다
부끄러운 마음에 상품을 받지 못하고
그냥 집으로 왔다
집에 와서 한참을 울었다

글자를 아는 지금은
아이들이 벌써 다 커버려
이제 더 이상
보물찾기할 기회가 없어져버렸다

- 김순옥, 「보물찾기」 중에서

선생님에게 글을 모른다는 사실을 들켰을 때 할머니는 얼마나 숨고 싶었을까요. 엄마가 찾은 보물이 뭘까 기뻐하던 아이 앞에서 가장 두려워하던 일이 벌어졌습니다.

'우리 엄마는 글을 읽을 줄 모르는구나.'

도망치듯 집으로 와서 견딜 수 없는 부끄러움에 눈물을 쏟으면서도 혹여 아이가 친구들에게 놀림을 받을까 봐 애탔겠지요. 김순옥 할머니는 그 고통스러운 기억을 딛고 문해학교의 문을 두드렸습니다. 글을 몰라 흘렸던 서러운 눈물이 수십 년 세월을 타고 이제야 「보물찾기」란 시가 되어 맺혔네요.

영화 〈더 리더 : 책 읽어주는 남자〉를 생각하니 할머니 학생들이 더 대단해 보입니다. 할머니들은 한나처럼 숨어버리지 않았어요. 온갖 부정적인 생각을 떨치고 배움을 선택하셨죠. 처음에는 얼마나 많이 주저하셨을까요. 팔십 평생을 까막눈으로 살아 왔는데 지금 글을 배우겠다고 하면 영감은 뭐라고 할 것인가. 동네 화투 친구들이 비웃지 않을까. 자식들에게 글 배우러 간다고 고백할까 말까. 손주들이 나를 부끄러워하면 어쩌지. 한 번도 해본 적 없는 공부라는 걸 내가 과연 해낼 수 있을까. 문해학교에 나가야 할 이유는 딱히 떠오르지 않지만, 안 나갈 이유는 오만 가지입니다.

그럼에도 할머니들은 포기하지 않았고 오래전 가졌던 자신의 꿈을 붙잡았어요. 죽기 전에 아들의 이름만은 내 손으로 써보고 싶어서, 다른 사람 도움 없이 서울 딸 집에 혼자 찾아가보고 싶어서, 글을 알아야 맡을 수 있는 부녀회장에 출마하고 싶어서, 노래방에서 제목을 보고 선곡하고 싶어서, 초등학교 졸업장만은 갖고 싶어서, 증손녀에게 그림책을 읽어주고 싶어서… 저마다 가슴속에 눈물의 사연들을 품고 마침내 연필을 들었습니다.

부끄러움의 장막을 걷어냈더니 함께 모여 놀고 공부하는 재미가 햇살처럼 쏟아졌어요. 할머니들은 오늘도 씩씩하게 유모차를 밀고 마을회관으로 모여듭니다. 당신들 이름이 써진 귀한 책 주머니 때 탈까 봐 비닐로 싸서 빨래집게로 고정해 들고 다니셔요. 모른다는 것을 인정하는 용기가 비밀을 꽁꽁 싸매게 했던 두려움을 이겼습니다.

3일 동안 모를 심어야 하는데
경로당에 공부한다고 도망왔다
우리 아들이 기가 막히단다
일이 밀려도 나는 간다, 공부하러

- 김귀예, 「우리 엄마가 변했어요」 중에서

45년 전 아들이 학교 갔다 와서
공부하다 물었다.
"엄마, 이 글자 어떻게 읽어?"
나는 어쩔 줄 몰랐다.

"선생님 말씀 잘 듣고 와야지!"
괜히 아들을 나무랐다.
그다음부터 아들은 물어보지 않았다.

아들이 물었던 글자는
다에 ㄹ과 ㄱ이 달린
'닭'이었다.
글자를 배우니 이제야 생각났다.

- 정춘자, 「닭」 중에서

애들이 서로 편지 써달라고 난리예요

오랫동안 영화관이 없었던 칠곡군에 작은 영화관이 생겼어요. 개관 기념작으로 〈칠곡 가시나들〉을 상영하기로 결정하자 박금분 할머니의 기대감도 더 커졌습니다. 할머니는 당신의 얼굴이 영화에 얼마나 예쁘게 나오는지 보고 죽으려고 장례식을 잠시 미뤘다며 농담을 하시곤 했지요.

"걱정하지 마세요. 할머니 미모가 어디 가겠습니까. 영화 개봉하면 전국 할아버지들이 꽃 사들고 찾아올 수도 있어요, 사귀자고."

"인자 사귀가 뭐할라꼬. 남자는 짐이라. 내가 빨리 죽어야 되는데 영화 때문에 안 죽고 참고 있는 기다. 영화에 어찌 나오는지 궁금해 죽겠어. 영화만 보고 나면 뒤도 안 돌아보고 콱 바로 죽어삐야지."

"영화는 천국에서도 보실 수 있을 거예요. 몸이 너무 아프고 힘들면 참지 마시고 빨리 돌아가셔도 됩니다."

"나보고 빨리 죽으라고? 동네 사람들아, 서울 감독이 나보고 빨리 죽으삐란다, 호호호."

박금분 할머니가 영화 때문에 못 죽고 있다고 말씀하시면 그저 웃기려고 그러시려니 했습니다. 극장 스크린에서 자신의 모습을 만나기 직전에야 할머니들은 지금까지 한 번도 영화관에 가본 적이 없다고 수줍게 말씀하셨어요. 〈칠곡 가시나들〉 주인공들이 태어나 처음으로 극장에서 보게 된 영화가 바로 〈칠곡 가시나들〉이라니!

"오래전에는 왜관 읍내에 극장이 있었거든. 고마 무서웠어예. 궁금해 죽겠는데 돈이 있어도 못 들어가겠더라고. 너는 글도 모르는 기 극장에 왜 왔노 할까 봐."

세상에, 영화관에 가는 게 당신들 생애 처음일 거라고는 상상도 못했어요. 나에게는 일상의 즐거움이 누군가에게는 아흔에야 처음 받아보는 인생 선물일 수도 있구나. 일제강점기 소학교

4학년까지 마친 곽두조 할머니는 지금도 일본어로 구구단을 외우지만 정작 한글을 배울 기회는 없었답니다. 글을 모르니 할머니의 세계가 좁아졌던 거예요. 얼마나 가보고 싶었을까요. 영화는 보고 죽고 싶다는 말은 농담이 아니라 간절한 소망이었구나.

아직도 시골에는 농협에 가는 걸 무서워하는 할머니들이 많습니다. 은행 직원의 도움을 받으려면 글과 숫자를 모른다고 말해야 하는데, 그건 자식에게도 털어놓지 못한 비밀입니다. 할머니들의 시에 자주 등장하는 은행은 공포의 이미지를 갖고 있었어요.

못 배워서 받은 설움 어찌 말로 다할까
그중에서 우리 영감한테 받은 설움
지금도 잊지 못하네.

내가 못 배운 것을 알고는
성질만 나면 날 보고 은행에 가서
돈 찾아오라고 시켰지.

그러면 나는 은행에 가서 땀을 찔찔 흘리며

2시간 동안 시간을 보내다가 집에 오곤 했지.

- 김금준, 「영감 보고 있소?」 중에서

은행에 가서 오래 앉아 있었습니다
이 사람 저 사람 눈치 보고 발만 보고 있었습니다
내 아들 같은 키 큰 남자에게 물었더니
이렇게 하시면 됩니다 합니다
이렇게가 어떤 건데요
얼마나 망설이며 용기 냈는지 알까요
손가락에 반창고나
손목에 기부스를 하고 갈까
부끄러워 오만 궁리를 다했습니다

- 김순자, 「이렇게가 어떤 건데요」 중에서

글을 모르면 공간이 두려움을 줍니다. 집과 마을회관, 단골 가게를 벗어나 새로운 장소에 가면 바짝 긴장하게 되지요. 문맹임을 고백하고 도움을 받지 않으면 모든 게 어렵습니다. 우리 사회의 시스

템은 모두가 글을 안다는 것을 전제로 설계되어 있으니까요.

"어딜 가도 답답했어요. 선생님한테 글 배우기 전에는 죄지은 것마냥 벌벌 떨며 살았습니다. 내가 글 모른다는 거 누가 알까 봐 무서워가지고. 학교 나와서 고쳤습니다. 인자 안 무서워요."

칠곡 문해학교 강금연 할머니는 가장 들어가보고 싶은 공간으로 우체국을 꼽았어요. 시집올 때부터 마을에 우체국이 있었지만 한 번도 들어가볼 엄두가 나지 않았답니다. 유치원에서 한글을 배운 손자들로부터 어버이날 편지를 받고 나서 할머니에게 새로운 꿈이 생겼습니다.

"애들 편지 받고 좋아서 눈물이 나더라고예. 할머니가 글을 몰라 답장도 못 쓴다 싶어서 마이 속상했어예. 나도 이제 글을 배웠으니까 아들, 딸, 미느리*, 손주들한테 편지 한 번씩 꼭 보내고 죽을 깁니다."

주소 쓰기를 배우고 나니 선생님이 숙제를 냅니다. 다음 주까지 사랑하는 사람에게 편지를 보내라네요. 강금연 할머니는 생애 첫 편지를 아들에게 쓰기로 했어요. 예전에 써놓았던 「아들아」라는 시를 일주일 동안 썼다 지웠다 반복하며 편지지에 옮겨 적었

*미느리 : '며느리'의 사투리(경상, 전남). (출처 : 『우리말 방언 사전』)

고 정성스레 꽃도 그려 넣었지요.

아들아

- 강금연

아들아
내 아들 나가 시끈 물도
안 내삐릴라 캤다.
아들 노코 얼마나 조안는데
이제 그 아들한태 미안하다.
내 몸띠*가 성하지를 모타이
아들 미느리 욕빈다.
자나 깨나 걱정해주는
아들이 참 고맙다.

밥 잘 무라.
엄마 시다.

---

*몸띠 : '몸'의 사투리(경상, 전남). (출처 : 『우리말 방언 사전』)

드디어 강금연 할머니의 꿈이 이루어지는 날이 왔습니다. 태어나 처음 우체국이란 공간에 들어갈 생각을 하니 아침부터 가슴에서 쿵쿵 북소리가 난다고 하셨지요. 한 걸음 한 걸음 우체국이 가까워질수록 북소리는 점점 커져갑니다. 평생을 무서워했던 우체국에 들어가니 직원이 반갑게 맞아주네요. 학교에서 연습한 대로 주소를 옮겨 적고 선생님이 가르쳐준 대로 침을 발라 우표를 붙여봅니다. 마침내 우체통에 편지를 넣고서야 함박웃음을 지으셨어요. 너무 늦은 처음이지만 떨리고 설레는 첫 경험에 참으로 행복해하셨습니다.

할머니들에게 배웠어요. 재밌게 나이 들기 위한 준비 1단계는 두려움을 떨치는 것이로구나. 살면서 이유 없는 두려움에 휩싸일 때가 있지요. 나는 한없이 움츠러들고 세상은 너무 커 보입니다. 내가 무언가를 갖지 못했다는 사실을 다른 사람들이 알아챌까 무서워지기도 하죠. 나이가 들수록 두려움은 굳은살처럼 박혀서 점점 더 떼어내기가 어려워집니다. 그럴 때마다 손을 달달 떨며 한 글자씩 완성해가던 할머니들의 모습을 기억하고 싶습니다. 태어나 처음 우체국 문을 열고 들어가던 순간을 떠올리면 강금연 할머니의 정겨운 목소리가 마음속에 들려오겠지요. 재밌게 나이 들고 싶다면 무서워하지 말라고. 두려움을 떨쳐야 설렘이 시작되고 세상이 재밌어진다고.

착하고 고마운 우리 큰 며느리에게
편지 쓴 것도 뿌듯했는데
답장을 받고 나니
눈물이 났어요.
애들이 서로 편지 써달라고 난리예요.
세상 오래 살고 볼 일이에요.

- 이상순, 「생전 처음 쓴 편지」 중에서

사랑하는 어머니.

편지 받고 깜짝 놀랐습니다.

정성스러운 어머니 글씨에 눈물이 났습니다.

어머니 따뜻한 사랑을

지금도 느끼고 있습니다.

- 강금연 할머니 아들의 답장 중에서

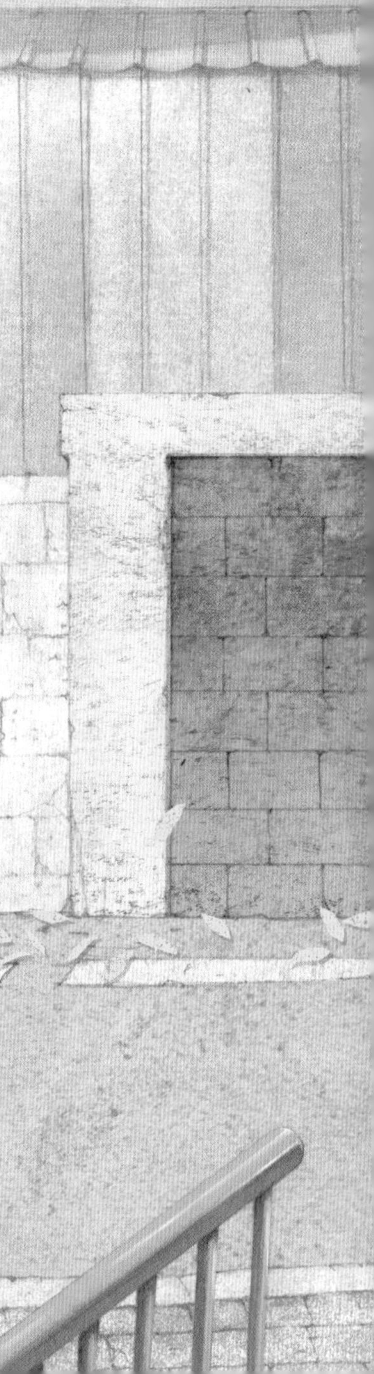

94

엄마는 정말
공부가 하고 싶단다

아홉 살 어린 나이
친구들 학교 가는 것 보고
눈물 흘렸다

네가 학교 가고 없으면
우리 집 살림 안 된다고
말리시던 울 엄마

돼지 풀 쥐어뜯으며

눈물이 비 오듯
한없이 한없이 울었다

- 위준녀, 「밝아진 세상」 중에서

3월 경상남도 함양. 이른 봄내음 몽글몽글 피어오르던 볕 좋은 토요일 오후, 할머니들이 옹기종기 모여 먼 데서부터 걸어옵니다. 옷장에 모셔뒀던 가장 예쁜 옷 꺼내 입고 오랜 친구들과 웃음꽃 피우며 다가오네요. 명절 앞두고 아이 입힐 옷 바느질하듯 조심스레 한 땀 한 땀 지팡이 찍으며 태어나 처음 영화를 보러 옵니다. 차를 두 번 갈아탔지만 얼굴엔 피곤 대신 호기심이 가득합니다. 이렇게 큰 TV는 처음이에요. 칠곡에 사는 언니들도 우리랑 똑같은 책으로 배우고 그네 타고 술 마시고 까르르 하는구나.

〈칠곡 가시나들〉 개봉을 준비하면서 지역의 문해학교 선생님들에게 여쭤보니 태어나서 한 번도 영화관에 가보지 않은 할머니 학생들이 의외로 많더군요. 가만히 있을 수 없었어요. 친구들과 돈을 모았고 '할머니들에게 생애 첫 영화를' 캠페인을 시작했습니다. 당신들의 이야기를 담은 〈칠곡 가시나들〉을 극장이라는 공간에서 보여드리고 싶었거든요. 제주, 순천, 거창 등등 여러 지역의 극장을 빌렸죠. 함양에서는 영사기가 설치된 문화예술회관을 빌려 할머니 학생들과 친구들을 초청했어요.

무대 인사하러 올라갔다가 객석을 가득 채운 할머니들을 보고 새삼 놀랐습니다. 아, 글을 몰라 평생을 답답하게 살아온 분들이 이렇게 많았구나. 지리산 부근은 1950년대 말까지 빨치산이 활동하던 지역이라 딸들을 학교에 안 보내던 집이 더 많았다고 해요.

300개의 눈동자가 반짝입니다. 수줍은 미소와 함께 할머니들의 목소리가 들리는 듯했습니다. 나도 선생님이 필요했어요. 교복을 입고 싶었죠. 내 이름도 쓰고 싶었어요. 아무에게도 말할 수 없었죠, 눈물로 살았다는 걸….

오빠는 학교 보내면서
여자는 시집가서
편지질 한다고 안 보내줬다.

부엌에서 불 땔 때
재를 모아 부지갱이로 글자를 쓰고
그을린 부엌 벽에도 쓰고

가슴이 터질 것 같았다.

– 김애순, 「하고 싶은 공부」 중에서

우리나라에는 한글을 읽거나 이해하지 못해 일상생활에 어려움을 겪는 311만 명(2017년 기준)의 사람들이 있고, 그 상당수는 할머니들입니다. '가시나'란 이유만으로 지독한 노동과 차별은 당연했어요. 집안의 모든 정서적 물질적 자원은 오직 아들의 교육과 미래를 위해 태워졌습니다.

"아들은 공부시키고 딸은 일만 시켰어요. 그때는 다들 그랬습니다. 나도 오빠처럼 학교에 가서 공부하고 싶다 하니까 아버지가 뺨을 때리더라고. 왜 가시나는 학교 가면 안 되는데요. 그때는 무서워서 아버지한테 그렇게 말도 못하고 숨어서 엉엉 울었습니다. 엄마도 남몰래 많이 울었을 겁니다."

험한 세월을 뚫고 왔지만 할머니를 위한 나라는 없었습니다. 문맹자 제로 국가란 슬로건은 그녀들의 존재를 지워버렸죠. 교육부 산하 국가평생교육진흥원의 자료를 보면 2015년 할머니 학생 1인당 연간 문해교육 프로그램 지원예산은 8만 7000원, 정규 초등학생의 1.8퍼센트에 불과합니다. 국가가 마땅히 베풀어야 할 자비慈悲를 선생님들의 자비自費와 눈물로 대신해온 거예요.

없는 돈을 쪼개 연필도 사고 소풍도 갑니다. 맥심 믹스커피도 사고 선생님 사례금도 드려야지요. 어느 날 선생님이 더 이상 못 온다 할까 조마조마하지만 그래도 오늘 배울 수 있어 좋습니다. 늘 누구 엄마, 무슨 댁으로 불렸던 그녀들이 태어나 처음으로 선생님을 만나고서야 자신의 삶을 글로 표현하기 시작했어요. 인생 가장자리에 봄바람이 부네요. 배움으로 새로운 설렘이 찾아왔습니다.

엄마는 정말 공부가 하고 싶단다

– 김영숙

거제도 아들네 집
예쁜 손주 봐주러 왔다.

벌써 한 달
내 마음은 온통 복지관에
다 가 있다.

고민 고민 몇 번이고 생각 끝에
아들 내외한테 말했다.
엄마가 공부하러 가면 안 되겠니?

며느리가 묻는다, 무슨 공부냐고
사실대로 말했다
아들 며느리
온 식구가 눈물바다가 되었다.

아들은 마음이 아픈지
가슴을 치며 엉엉 운다.
나도 실컷 울었다.

아들이 말한다.
공부하러 가시라고.

미안하다 아들아,
이 엄마는 정말 공부가 하고 싶단다.

나도 너그 말 모르겠다

어릴 때 소풍 가는 날이면 신기하게도 새벽에 눈이 떠졌습니다. 세상이 캄캄한 걸 확인하고 다시 누워보지만 잠이 올 리가 있나요. 아침을 기다리다 조심스럽게 어머니를 깨우곤 했지요.

"엄마, 김밥 쌀 때 나도 꼭 같이 싸요."

그 옛날 저처럼 할머니들도 소풍은 설레나 봐요. 새우깡과 소주, 요구르트를 챙겨 이른 아침부터 마을회관으로 모여들었지요. 전날 주문해놓은 떡과 치킨도 속속 도착했습니다.

"할머니, 이걸 누가 다 드시려고 여덟 마리나 튀기셨어요? 선생님까지 해서 한 사람에 닭 한 마리씩인가요?"

"서울 감독님, 걱정 콱 붙들어 매소. 소풍 가는데 이만큼은 무야지. 소주랑 같이 먹으면 싹 다 먹어지게 돼 있어. 오늘 실컷 묵자."

할머니들에게 소풍은 소주가 풍년인 날이죠. 야외에서 고기 안주에 술을 마시면 절대로 안 취한다는 게 할머니들의 지론이에요. 대학 시절 축제 때마다 캠퍼스 여기저기 널브러져 있던 제 친구들은 안주가 부실했던 모양입니다.

오랜만의 나들이에 할머니들의 마음은 한껏 부풀었어요. 소풍 장소는 금오산 계곡. 젊은 시절 계모임에서 더위를 피해 놀러 오곤 했던 곳이랍니다. 술 마시며 노래하고 춤만 추는 소풍이면 좋겠는데 야외 수업도 한다는 게 함정이지요.

"닭고기 먹자 하니까 여기까지 와서 공부를 시킬라 카네."

"에이, 나쁜 선생. 나는 공부 안 해."

"자, 우리 학생들 조용! 선생님!"

"봅시다!"

"오늘은 소풍이라 특별히 재밌는 수업을 준비했습니다. 우리 할머니들이 쓰는 말을 서울말로는 뭐라 하는지 맞추는* 낱말퀴즈입니다. 이럴 때 상품이 없으면 재미없죠. 맞추는 사람이 먼저 닭다

---

*맞추다 : '맞히다'의 사투리(경상). (출처 : 우리말샘)

리 먹는 겁니다."

"문제 맞추다가 닭고기 다 썩어빠지겠다."

"자, 1번 문제. '소잡다'가 서울말로 뭘까요?"

"여기 앉은 데가 소잡아."

"소자분 거는 소자불 때 참 소잡다, 이 카지."

"그러면 '개갑다'는 무슨 뜻일까요?"

"개가분 건 개가분 거지. 개가울 때 우리는 이기 참 개갑다, 이 카지."

"'소잡다' 하면 서울 사람들은 음매하는 소를 때려잡는 걸로 알아들을 수도 있어요. '개갑다'하면 '개 같다'로 듣고 우리가 욕한다고 생각할 수도 있습니다."

"그렇지. 내가 말하면 서울 증손녀는 못 알아듣더라."

"'소잡다'는 서울말로 복잡하다는 뜻이고 '개갑다'는 가볍다는 말이지요."

"흰 구두나 백구두나 그기 그기야."

부산이 고향인 저도 칠곡 사투리는 참 어렵네요. 할머니들에게도 젊은 사람들 말이 외계인 언어처럼 들리겠지요. 요즘 젊은이들 말을 할머니들에게 알려주고 할머니들을 세상과 연결시켜주는 사람. 주석희 선생님이 세대를 이어주는 통역사처럼 보였습니다.

서울 아*들이

약목 말 쓰지 마라칸다

할매 말 몬 아라 든다고

약목 말 쓰지 마라칸다

에헤이 나도

너그 말 모르겠다

– 박금분, 「할매말 손자말」 중에서

야외 수업이 끝나고 치킨 파티가 이어졌습니다. 오늘도 올 게 왔구나. 드디어 무서운 소주가 나올 차례입니다. 할머니들은 소주를 손주 다음으로 좋아하시더군요. 날이면 날마다 촬영 팀에게 술을 권하며 놀리셨지요.

"에이, 마시라카이. 이거 다 마셔도 안 죽어. 으흐흐흐."

"우리가 서울 감독 나이 때는 밤새 술 먹고 아침에 바로 농사지으러 나갔다카이. 자, 쭈욱 들이켜."

"에헤이, 마셔. 이거 다 마셔야 딸이 잘 산다. 쭉 다 마시."

*아 : '아이'의 사투리(강원, 경상, 전라, 충청, 평북, 함북). (출처 : 우리말샘)

우리나라에서 술 제일 잘 마시는 할머니 뽑는 대회가 있다면 출전을 권하고 싶을 만큼 다들 잘 드시더군요. 할머니들은 특히 '소야'를 좋아하셨죠. '소야'는 내가 지은 이름인데 '소주'와 '야쿠르트'를 5:1 비율로 섞은, 유래를 알 수 없는 칵테일입니다. 처음에는 저걸 무슨 맛으로 마시나 했는데 의외로 상큼하니 중독성이 있고 소주를 더 많이 마시게 하는 부수적인 효과도 있어요. 계속 먹다 보니 정이 들어서 그냥 소주만 부어주시면 소야로 말아달라고 부탁드릴 지경에 이르렀지요. 나중에는 아, 계속 이렇게 받아 마시다가는 칠곡에서 죽을 수도 있겠구나 싶었습니다.

소풍 와서도 건배 구호는 똑같았어요.

"건강을 위하여!"

아니, 건강을 생각한다면 술을 줄이셔야죠, 할머니.

"형님, 오래 사이소!"

"오래 살면 안 돼. 그건 욕이라. 영화만 보고 바로 죽을 기야. 내가 오래 안 살라고 술을 이래 마이 마시는 기다."

술이 몇 순배 돌자 선생님이 그네 타기를 제안했습니다. 소주 파도타기라면 몰라도 그네 타기는 좀 어지러울 텐데. 그네와 할머니라. 이건 마치 첼로와 삼겹살처럼 잘 어울리지 않는 조합이라 생각했지만, 웬걸요. 안 태워드렸으면 큰일 날 뻔했어요.

"나는 서서 타야지. 잘 봐. 날아갈 긴께."

"안 돼! 술 마셨잖아. 절대 안 돼. 자빠지면 119 불러야 된다."

낼모레 나이 구십에 일어선 채로 타겠다고 우기던 박금분 할머니와 스탠딩 음주 그네는 불법이라고 붙잡던 선생님 때문에 많이 웃었습니다. 해산하는 산모처럼 용을 쓰며 타던 강금연 할머니의 우렁찬 기합 소리도 대단했고요. 해맑은 소녀로 돌아간 할머니들이 그네를 붙잡고 까르르 행복해하던 모습도 아름다웠지요.

그제야 알았어요. 나이가 많다고 그네 타고 싶은 욕망이 사라져 버린 게 아니구나. 학교 수업이 끝나고 그네를 차지하기 위해 전속력으로 놀이터를 향해 뛰어가는 소녀들처럼, 할머니들에게도 그네는 여전히 즐거움인데 아무도 권하는 사람이 없었던 거구나.

할머니들 곁에 주석희 선생님 같은 젊은 친구가 있어서 참 다행이란 생각이 들었습니다. 할머니들을 세상과 이어주고 언제나 설레게 하는 사람. 그녀들의 욕망을 이해해주고 웃으며 말동무가 되어주는 젊은 친구. 재밌게 나이 들고 싶다면 '그네 타실래요' 권해주고 밀어주는 젊은 친구가 필요합니다.

선생님은…
나를 설레게 하는 사람이에요.

죽을 일이 나면 살 일도 생긴다

촬영할 때면 주인공의 눈으로 세상을 보게 됩니다. 〈칠곡 가시나들〉을 만들 때는 할머니들만 계속 만나다 보니 마치 세상이 할머니를 중심으로 돌아가는 느낌이었어요. 일종의 직업병이랄까요. 모든 안테나가 '할머니'라는 주파수에 맞춰져 있으니 뉴스도 할머니 관점에서 바라봅니다. 서울문화재단에서 '마음약방'이라는 캠페인으로 칸 국제광고제에서 수상했다는 기사를 봤을 때도 이런 생각이 들었어요. 거기 할머니들의 시가 들어가면 딱인데….

'마음약방'은 마음을 치유해주는 자동판매기예요. 오백 원짜리 동전을 넣고 현대인이 앓고 있는 스무 가지 마음의 증상 중 하나를 선택하면 도서, 영화 등 문화예술 콘텐츠를 추천하거나 손난로, 비타민, 일회용 반창고 등 소소한 재미를 주는 물품 키트를 처방해 줍니다. 자동판매기에 등록된 마음의 병이 재밌어요. 월요병 말기, 외톨이바이러스, 가족남남신드롬, 인생막막증, 용기부전, 아르바이트라우마, 급성 연애세포소멸증 등 청춘들의 흔한 고민들이 망라되어 있습니다.

'마음약방'에 할머니들의 시 처방전이 들어간다면 뭐가 좋을까 상상해봤어요. 만성 비교증후군을 방치하다가 후천성 행복결핍증으로 악화된 분들에게는 「행복」이라는 시를 처방해드리고 싶어요. 할머니 약손으로 발라주는 마음의 빨간약이라 생각하고 읽어 보세요.

세상을 살다 보면 행복한 날도 있고
슬플 날도 있지요
하지만 어느 누구든 사람들은 비슷비슷합니다

- 김차덕, 「행복」 중에서

나이 들어간다는 건 행복과 불행이 교차하는 수많은 사건들을 겪으며 사람들은 다 비슷비슷하다는 걸 알아가는 과정이지요. 젊은 사람들은 이 시에 반감이 들 수도 있어요. 비슷비슷하다는 건 특별한 누군가가 부러운 거고, 부러우면 지는 거고, 지는 건 불행한 거니까요. 내 인생이 인스타그램에 올리기 좋은 이미지로만 가득 차길 원하죠.

『100 인생 그림책』이라는 그림책이 있습니다. 0세부터 99세까지 흘러가는 인생을 100컷의 그림과 짧은 글로 포착해놓았어요. 21세에는 어릴 때 쓰던 방이 얼마나 작은지 놀라게 되고, 33세에는 잠이 모자라도 버티는 법을 배우게 된대요. 97세가 재밌어요. 사람들이 온갖 질문을 퍼붓는대요. 인생이 당신에게 무엇을 가르쳐주었느냐고. 할머니들은 이렇게 대답하시네요.

"어느 누구든 사람들은 비슷비슷합니다."

내게는 이 말이 위로가 되네요. 나이 들어서 그런가 봐요. 서수남, 하청일 씨 사진을 보고 누군지 바로 알아보면 나이 든 거라잖아요. 「행복」을 읽고 마음이 평안해지면 나이 드신 겁니다.

자, 다음 환자 들어오세요. 인생막막증으로 잠을 이루기 어렵다고요? 이건 할머니들이 전문이지요. 막막함을 뻥 뚫어주는 「내 속이 시원해요」라는 시를 처방해드릴게요. 만약 이 시를 읽고 인생이 더 막막하게 느껴지는 부작용이 생긴다면, 할머니들의 민간요법 말고 서점의 자기계발서 부스를 찾아 전문가들의 조언을 따르셔야 합니다.

서른일곱에 혼자 되고
죽자 살자 살다 보니
구십이 되었잖아 내가 진짜 구십인가

젊은 사람들에게 이 말 하고 싶어
걱정 마라 죽을 일이 나면 살 일도 생긴다

– 황용현, 「내 속이 시원해요」 중에서

할머니들이 그러시더군요. 굶어 죽기가 정승하기보다 어렵다고. 가난은 질겨서 금방 죽을 것 같아도 어찌어찌 살아졌고, 때로는 웃을 수 있었고, 삶은 끊어질 듯 이어져 죽자 살자 살다 보니 구십에 다다랐답니다.

할머니들의 글은 그냥 힘 빼고 툭 던지는데 마음속에 훅 들어오는 느낌이에요. 바로 핵심으로 직진하는 단순 솔직함에다 나이라는 숫자가 더해져 읽는 사람의 경계심을 허물어뜨리기 때문일 거예요. 생각해보세요. "내가 진짜 서른인가" 하면 "아이고, 아직 한창 잔치 중이시거든요"라고 말해주고 싶잖아요. 그런데 "내가 진짜 구십인가" 하면 "구십이란 무엇인가?"라는 질문을 받은 것처럼 겸손해지지 않나요?

위로도 마찬가지예요. 살아서 장까지 도달하지 못하고 위에서 전사한 유산균들처럼 청춘들을 위로하기 위해 쏟아져 나오는 책들도 이성의 채로 걸러지고 나면 마음 도달률이 뚝 떨어지잖아요. 내가 여러분들을 기필코 위로해드리고야 말 거예요, 라는 투철한 사명감이 느껴지면 읽다가 점점 부담스러워지죠. 어떨 때는 누가 누구를 위로하고 있는지 헷갈립니다. 내가 위로를 받아줘야 이 글을 쓴 저자 분에게 위로가 되겠지, 싶거든요.

이 세상 모든 위로의 책들이 담고 있는 메시지는 하나인 것 같아요. 이 또한 지나가리라. 힘든 시간을 통과하고 있는 친구들의 카카오톡 프로필에서 가장 많이 본 글이기도 해요. 신승훈 씨는 감미로운 목소리로 위로하죠. 그치지 않는 비는 없잖아, 라고. 할머니들 말로 바꾸면 제일 강렬합니다. 죽을 일이 나면 살 일도 생긴다!

마음을 치유하는 에세이들과 결론은 비스름해도 구십인 할머니가 말씀하시면 묘한 위로가 됩니다. 오래 산 자들이 전지적 인생 끝자락 시점에서 가볍게 던지는 말에 우리가 위로를 얻는 건 시간의 지혜가 녹아 있기 때문이겠죠. 손이라고 다 약이 되는 게 아니라, 할머니 손이라서 약손이거든요.

자, 마지막 환자 분 들어오세요. 급성 연애세포소멸증이요? 이건 치료가 좀 어려울 텐데요. 우리 할머니들의 연애는 지난 세기 중반에 거의 끝났거든요. 그래도 굳이 위로를 받으시겠다면 사랑스러운 박월선 할머니의 「사랑」이라는 시를 처방해드릴게요. 우리 인생에 연애세포란 무엇인가, 라는 근본적인 의문을 던지는 놀라운 작품입니다. 읽다 보면 이런 생각이 들 거예요. 위로란 무엇인가.

사랑

– 신평댁 박월선

사랑이라카이 부끄럽다

내 사랑도

모르고 사라따

절을 때는 쪼매 사랑해조대

그래도

뽀뽀는 안해밧다

엄마가 멧돼지 보낼게

명절 연휴에 무궁화호를 타는 건 정말 오랜만이었습니다. 마지막으로 명절 열차를 타본 게 언제였는지 기억조차 나지 않았어요. 추석까지 촬영이 이어졌고, 미리 기차표를 예매해둔 덕에 고속도로 정체를 피해 서울로 올라올 수 있었지요.

선반 위에 촬영 장비를 올리다가 옛날 생각이 나서 웃었습니다. 초등학교 입학 전이었을 거예요. 명절 열차를 타고 시골 할아버지 댁에 가는데 짐 선반 위에 누워서 가는 특이한 아저씨를 본 적이 있습니다. 빽빽이 들어찬 객차에 그 아저씨 홀로 여유로워 보였어요. 나도 커서 꼭 해봐야지 했었는데, 요즘은 선반 위에 올라가면 바로 다음 역에서 경찰이 기다리고 있겠지요. 사람들이 촘촘하게 서 있던 객차 복도를 모세가 홍해 가르듯 뚫고 지나가던 홍익회 이동매점도 정겨운 추억입니다. 지금은 옛날만큼 붐비지 않았지만 그래도 명절이라 꽤 많은 사람들이 서서 가야 했습니다.

기차에서 한 가지 특이한 점을 발견했어요. 앉아 가는 사람은 젊은 사람이 훨씬 많았고 서서 가는 사람은 어르신들의 비율이 높았습니다. 명절 연휴 때 이동해야 하는 어르신들이 미리 열차표를 준비하지 못했던 거죠. 좌석은 대부분 인터넷으로 팔렸고 어르신들은 현장 표가 풀리는 정보에 어둡습니다. 티켓을 예매해 보내드리지 않은 자녀들 잘못이라 생각할 수도 있겠지만 부모님께 여쭤보면 매번 괜찮다고 하시거든요. 내가 알아서 갈 테니 걱정하지 말라고. 늘 그렇듯 부모님의 괜찮다는 괜찮은 게 아니었습니다.

객실 연결 통로에 서서 가는 어르신께 여쭤봤더니 아침 일찍 기차역에 나와 티켓을 샀다고 하시더군요. 명절 기차는 당연히 서서 간다고 생각하셨답니다. 요즘 기차는 옛날보다 빨라서 금방 도착하니 괜찮다며 웃으셨어요.

서 있는 어르신들 사이에 앉아 있는 젊은 사람들도 난감합니다. 갈 길도 먼데 지하철에서처럼 벌떡 일어나 어느 한 분만 선택해 양보할 수도 없고 말이죠. 정당한 노력으로 기차표를 선점했지만, 붐비는 객차에 우두커니 서 있는 나이 든 세대를 바라보면 마음이 복잡해집니다. 인터넷 활용 능력에 따른 정보 격차가 젊은 사람은 앉아 가고 늙은 사람은 서서 가는 이상한 명절 기차 풍경을 만들었어요.

때로는 중년의 저도 세상 변화를 따라가기 어렵습니다. 예전에 덴마크 코펜하겐에서 무인 맥도널드를 처음 이용할 때도 식겁했어요. 매장 주방 쪽에만 조리사들이 있을 뿐, 홀에는 직원이 한 명도 없었습니다. 카운터도 없었고 모든 주문과 결제는 자판기 키오스크에서 이뤄졌어요. 전광판에서 내 번호를 확인한 후 컨베이어 벨트를 통해 완성된 음식이 나오면 알아서 찾아가는 시스템이었죠. 당시에는 뉴스에서만 보던 놀라운 광경이었습니다.

앞사람 어깨너머로 어떻게 하는지 잘 보고 따라 해봤지만 뭘 빠트렸는지 결제가 제대로 이뤄지지 않았어요. 하나는 세트로 묶고 어떤 건 단품으로, 프렌치프라이와 콜라는 큰 사이즈로…. 메뉴 처음으로 돌아가 다시 시도해봤는데 역시나 실패했습니다. 뒤통수가 뜨끔했지요. 내 뒤로 줄 서 있던 덴마크 청소년들의 차가운 눈빛이 아직도 생생하네요. 타임머신을 타고 가서 확 늙어버린 저 자신을 만난 기분이었습니다.

문해학교에서 은행 이용하는 법을 배우는 할머니들을 보면서, 코펜하겐 맥도널드에서 햄버거를 사먹으려다 화들짝 놀랐던 내 모습이 떠올랐어요. 할머니들이 나의 미래로구나. 나도 언젠가 세상과 발맞추는 지식을 다시 배워야 할 때가 오겠지.

멧돼지 보낼게

– 변대순

오늘은 공부시간에
문자 보내는 거를 배웠다
아이구 왜 이리 안 되는 거여
안 되야 하하하

그래도 될 때 꺼정
해야 된다고 하니
안 보이는 눈을 찡그려가며
아이고 간신히 몇 자 적었네

얘들아~

엄마가 멧돼지 보낼게
언능 받아봐~ 아하하하

메시지를 멧돼지라고 해서
우리는 그만 웃음보가 터졌다
하하하 하하하

얘들아~
엄마가 다음에 또
멧돼지 보낼게
하하하~ 하하하~

휴대폰이 존재하지 않았던 시절에는 글을 몰라도 잘 드러나지 않았지요. 대부분 집 전화로 의사소통을 했거든요. 모두 휴대폰을 가지고 다니는 시대가 되자 더 이상 숨기기 어려워졌습니다. 손주들이 보내는 문자메시지를 읽고 답장할 수 없으니까요. 팔십이 넘어 글을 배우기 시작한 변대순 할머니는 문자 보내기까지 섭렵하자 날아갈 것 같습니다. 비록 메시지를 멧돼지라 썼지만 아이들과 문자 주고받는 즐거움을 누리는 지금이 인생에서 제일 행복한 시기랍니다. 문자메시지라는 세상과의 접점이 생기니까 사는 재미가 더 커졌습니다.

재밌는 상상을 해봅니다. 우리나라 7080 어르신들이 모두 학생으로 돌아가는 법을 만들면 어떨까요? 일정한 나이가 되면 다시 학교에 입학해 의무교육을 받는 거예요. 글을 모르는 사람만 가는 데가 아니라 빠르게 변하는 세상과 보조를 맞추는 기술, 더 재밌게 나이 드는 방법을 배우는 학교인 거죠. 국가 치매 예산 중 일부를 사용해 모여서 놀고 배우는 어르신들에게 소정의 장학금을 지급할 수도 있겠지요. 아마 장기적으로는 국민건강보험 재정에도 도움이 될 겁니다. 국가재난이 될지도 모를 치매 예방에는 함께 모여 즐겁게 노는 게 최고거든요.

기술은 세상을 빠르게 바꿔갑니다. 나이 든 분들이 점점 불편해지는 방향으로 신속하게 변해가겠지요. 인터넷 금융과 쇼핑, 모바일 예약과 결제에 익숙하지 않은 어르신들은 일상생활에서 더 오래 기다려야 하고 몸도 더 고달파질 겁니다. 세상의 속도에 정신적으로 위축되면 점점 갈 데도 없어지고요. 시간을 보내는 방식이 익숙한 몇 가지로 줄어들면 재미도 함께 사라지겠지요.

앞으로는 세상의 속도에 맞춰 한 발자국쯤 뒤에서 잘 따라

갈 수 있느냐가 노년의 즐거움을 좌우할 거예요. 자, 재밌게 나이 들기 위한 마법의 주문을 외워봅시다.

다시,

학교 다녀오겠습니다!

3장

설렘과 외로움

소리가 나야
사람 사는 집 같지요

"동네 고양이들 몰려온다, 먹을 거 주지 마라 캐도

나는 멸치대가리 계속 줄 거라예.

고양이가 있어 다행입니다.

내 얘기를 들어주이."

-〈칠곡 가시나들〉 강금연 할머니 인터뷰 중에서

할머니들은 늘 텔레비전과 함께 삽니다. 낮에 화투를 치더라도 TV를 켜놓고 라디오처럼 소리라도 들으셨지요. 어떨 때 보면 TV가 알람 역할을 하더군요. 하루 종일 마을회관에서 잘 노시다가 KBS 〈6시 내 고향〉 클로징 멘트가 나오면 귀가 알람이 울린 듯 각자의 집으로 흩어지시거든요.

혼자 사는 할머니들에게 밤은 내가 혼자임을 사무치게 확인하는 시간이에요. 강아지라도 키우는 할머니들은 그나마 낫습니다. 집에 가면 나를 반겨주는 누군가가 기다리고 있으니까요. 할머니들은 아무도 없는 어두운 방에 들어가는 걸 싫어하셨어요. 형광등 스위치를 올릴 때 나는 딸깍하는 소리에 마치 외로움이 켜지는 느낌이 들었겠지요.

집에 와서도 역시 TV부터 틀어놓습니다. TV는 프로그램을 바꿔가며 혼자 떠들었고 할머니들은 딱히 화면에 집중하시지 않았어요. 그냥 습관적으로 켜놓았고, KBS 〈가요무대〉가 방송되는 월요일 밤만 빼면 9시 뉴스 오디오를 자장가 삼아 일찍 꿈나라로 가실 때가 많았습니다.

궁금했어요. 왜 할머니들은 늘 텔레비전을 끼고 사실까? 전기를 끔찍이 아끼는 할머니들에게 왜 TV만은 예외일까? 마을회관은 공공장소니까 기차역이나 터미널처럼 항상 TV를 틀어놓는 게 이해가 됩니다. 그런데 왜 집에서도 그러실까?

"소리가 나야 사람 사는 집 같지요. 혼자 사는 할매들은 다 그래요. 불은 꺼놓고 살아도 TV는 쭉 틀어놓고 삽니다. 서울 감독도 늙어보면 알겠지. 나이 들어서 TV 없이는 혼자 절대로 못 살아."

몰입해서 보는 드라마가 아니라면 할머니들에게 중요한 건 영상보다 사운드였어요. 외로움을 떨칠 수 있다면 그 어떤 소리라도 좋습니다. 누군가 함께 있는 기분, 사람 사는 집의 느낌이 필요했던 거예요.

할머니들에게 1년 중 외로움의 절정은 명절 마지막 날 오후입니다. 설 연휴 마지막 날 강금연 할머니의 표정을 잊을 수가 없습니다. 자녀들과 손주들을 배웅한 후 할머니는 천천히 돌아서셨지요. 바로 집 안으로는 못 들어가시더군요. 마당을 조금 거닐다가 평상에 앉아 한참을 땅바닥만 바라보셨습니다.

할머니는 딱 한 가지 생각밖에 없는 것 같았어요. 손주들이 떠났다. 모든 소리도 함께 사라져버렸고, 나는 다시 혼자다. 외로움이 강금연 할머니를 덮어버려 몸에서 모든 생기가 빠져나가버렸구나. 표정이 너무 슬퍼 보여서 아무 말도 건넬 수 없었습니다.

한참 지난 후 아쉬운 속마음을 조용히 털어놓으셨지요.

"나 죽으면 명절 음식 그만하면 좋겠어예. 며느리 고생하는 것도 미안하고. 딸도 시댁에 쪼그리고 앉아 전 부치고 있을 걸 생각하면 속상하고. 일하지 말고 재밌게 놀다 가라 해도 시간이 짧을 긴데 다 고생이라. 평소에는 먹고사느라 일한다고 고생, 명절에는 음식 만든다고 고생. 설 지나고 다 돌아가면 방바닥에 손주들 머리카락 주우며 웁니다, 벌써 보고 싶어서. 할매들 다 그래요."

마을회관에 나와 보니 박금분 할머니와 곽두조 할머니가 명절 음식을 안주 삼아 술을 마시고 있었습니다. 여기도 지구가 곧 멸망할 것 같았어요. 손주들을 도시로 떠나보낸 할머니들은 하염없이 슬퍼 보였죠. 3년 동안 할머니들의 술자리를 지켜봤지만 그렇게 무거운 분위기는 처음입니다. 땅이 꺼져라 한숨만 쉬면서 말없이 홀짝홀짝 소주와 백화수복만 번갈아 드셨지요. 강금연 할머니에게 술 마시러 나오라고 전화했지만 오시지 않았습니다.

아직도 방에 들어가지 않고 평상에 홀로 앉아 계신 건 아닐까. 강금연 할머니가 걱정돼 다시 가보니 마당에서 동네 고양이들에게 멸치를 던져주고 있었어요.

"자, 여깄다. 멸치 대가리. 마이 무라. 오늘은 너그도 잔치다. 인자 다 줬어. 다음에 멸치 손질하면 또 주께."

할머니가 고양이랑 얘기하는 모습을 보니 외할머니가 떠올랐어요. 외할머니도 식물들과 자주 대화하셨거든요. 아, 우리 할머니도 이렇게 외로우셨겠지. 생각해보니 명절이 지나 모두 떠난 후 남겨진 할머니의 모습을 상상해본 적이 없네요. 도시의 속도로 복귀한 우리는 홀로 남은 할머니의 외로움을 떠올릴 여유가 없었던 거죠. 할머니들에게 설 명절은 천국이면서 지옥이었어요. 이제 자녀들은 떠났고 추석은 아직 멀었습니다.

"이 나이쯤 되면 나는 언제 죽게 될까 생각해볼 때가 많거든예. 친구들 보면 계절 바뀔 때 많이 죽습디다. 특히 설 지나고 봄 오기 전에."

설 지나고 할머니들은 약속이라도 한 듯 기력이 떨어졌습니다. 아픈 몸보다 외로움이 더 큰 고통을 준다고 말씀을 하시더군요. 자손들이 모두 다녀간 명절의 끝자락은 외로움에 사무쳐 죽기 딱 좋은 계절입니다.

우리 모두 나이 들어가면서 어떻게든 외로움을 없애보려고 애쓰겠지만, 할머니들을 보니 쉽지 않아 보입니다. 나이 든다는 건 계속 외로워지는 거예요. 할머니들은 그냥 죽을 때까지 외로움과 함께 산다 생각해야 속 편하다고 말씀하셨어요. 외로움은 노년의 디폴트, 기본값이라는 거죠.

통계청이 발표한 2018년 인구주택총조사 기준, 우리나라에서 홀로 사는 65세 이상 어르신 숫자는 약 144만여 명이라고 합니다. 이분들도 하루하루 외로움과 전쟁 중이겠지요. TV를 틀고 볼륨을 높여도 계속 외로움에 절여지는 기분일 거예요. 아무리 발버둥쳐도 사라지지 않는 그림자와 싸우는 느낌으로 잠들고 눈뜨겠죠.

『100년을 살아보니』의 저자 김형석 교수님도 그러시더군요. 나이 들면 고독이 가장 힘들다고. 특히 사별한 남자가 제일 고통스럽다고. 교수님은 팔십 대 중반에 사랑하는 아내를 먼저 떠나보냈습니다. 첫해는 마치 한쪽 날개가 사라져버린 것 같은 고통을 느끼셨대요. 홀로 되고 나니 저녁에 집에 들어가는 것조차 힘들었습니다. 2년여가 지난 후에야 겨우 고독에 적응했고 외로운 삶을 생산적인 일로 채워갈 수 있었답니다. 어떻게 고독을 이길 수 있는지 여쭤봤더니 움츠러든 삶의 공간을 넓혀야 하고 나이 들어서도 무언가를 배워야 한다고 말씀하셨어요. 외로움을 없애려는 발버둥 대신, 설렘을 공급하는 데 집중하라는 조언입니다.

오랫동안 할머니들을 지켜보니 나이듦의 슬픔과 즐거움이 어렴풋이 보이네요. 노년의 기본 정서는 외로움이고, 설렘은 외로움을 잊게 하는 마음의 해독제로구나. 젊을 때는 일과 삶의 균형, 워라밸이 중요하다면 나이 들수록 설렘과 외로움의 밸런스, 설외밸이 더 중요한 게 아닐까요.

할머니들은 오늘도 외로움이란 숲에서 설렘이란 보물을 찾고 있습니다. 나이 들어도 밥 먹듯 설렘이 필요하니까요.

재밌게 나이 들고 싶다면

일용할 설렘의 좁은 문을 찾아야 해요.

"자, 여깄다.

마이 무라. 너그들도 명절인데 맛있는 거 먹어야지.

설인데 니들은 고향에 안 가나?

엄마, 안 보고 싶나."

손자랑 같이 하고 싶어서

무서운 손자

- 강춘자

어릴 적
할머니 다리에 누워
옛날 얘기를 들으며
잠이 들곤 했었는데

우리 손주는

책을 가져와
읽어달라고 하니
무서워 죽겠다

말로 하는 이야기라면
손으로 하는 음식이라면
손주놈이 해 달라는 대로
해줄 수 있으련만

달려가 보듬어 안고파도
손주놈 손에 들린
동화책이 무서워
부엌에서 나가질 못 한다

여수시 용주리 강춘자 할머니가 쓴 「무서운 손자」라는 시입니다. 마을 이장님의 권유로 한글 공부를 시작한 할머니는 농사 일로 바쁜 와중에도 한 번도 빠지지 않고 공부해 글을 깨치셨습니다. 책 읽어달라던 무서운 손자 앞에서 처음 동화책을 읽어줄 수 있었을 때 얼마나 기뻤을까요. 아마 할머니 인생 최고의 순간이었을 거예요.

문해학교 할머니들에게 여쭤보면 글을 배우러 나온 결정적인 이유로 '손주에게 동화책을 읽어주기 위해서'라고 답하는 분들이 많았습니다. 할머니들에게 언제가 가장 기쁠 때냐고 여쭤봐도 역시 대답은 '손주 오는 날'이지요. 며칠 전부터 갑자기 웃음이 많아지고 에너지가 넘치는 할머니가 있으면 조만간 그분이 오시겠구나 생각하면 됩니다. 갑자기 마을회관에 안 나오시는 할머니가 있어 아프신가 걱정돼 찾아가보면 창밖을 내다보며 손주를 기다리고 계실 때도 많았습니다. 그 좋아하는 화투마저 손주 앞에서는 할머니들을 유혹할 수 없었던 거죠.

칠곡 강금연 할머니도 이제나저제나 손자만 손꼽아 기다리셨어요. 텃밭에 상추랑 고추를 거둘 시기가 지났는데도 며칠째 물만 주고 있다면 곧 손자가 온다는 신호입니다. 할머니의 일터이자 살아 있는 식량 창고인 텃밭이 손자에게는 한 학기에 한두 번 체험학습에 가서야 만날 수 있는 즐거운 놀이터거든요.

"배추는 한 사흘 만에 나고 상추는 한 닷새 만에 올라옵니다. 고추랑 깻잎도 손자하고 같이 따고 싶어서 안 따고 기다리고 있지예. 도시에는 밭이 없으니까 따는 게 재밌나 봐요. 나는 힘들어 죽겠는데."

손자 오는 날은 아침부터 바쁩니다. 할머니 지갑이 활짝 열리는 날이죠. 단골 정육점에 가서 삼겹살을 달라고 하면 사장님은 단박에 알아챕니다.

"할매, 고기 많이 사는 걸 보니 오늘 손자 오는 갑네."

"우째 알았노. 귀신이 따로 없네."

"할매 얼굴이 환한데 그럼 척 보면 알지."

농협 마트에 가서 손자가 제일 좋아하는 과자와 아이스크림도 사야 합니다. 딸은 아이들에게 과자 많이 사주지 말라지만 할머니는 손자가 좋아하는 거라면 뭐든 다 사주고 싶지요. 방을 깨끗하게 치운 후 같이 공부할 상을 펴놓고선 마당에 나가 서성입니다.

"선생님이 내준 숙제도 안 하고 기다립니다. 손자랑 같이 하고 싶어서. 옛날에는 손자가 뭘 물어볼까 봐 겁났는데 인제 내가 먼저 손자한테 동화책 읽어달라 카지요. '할머니도 배웠다면서요. 이것도 몰라요?'하고 나를 놀립니다. 손자 공부하는 거 보면 그렇게 기분이 좋습니다. 할머니들 마음은 다 똑같아예."

강금연 할머니에게 손자는 생각만으로 행복해지는 마음의 보약인가 봐요. 손자 손잡고 학용품 사주러 문방구로 가는 강금연 할머니 발걸음이 그 어느 때보다 가벼워지거든요. 스테로이드 주사로도 해결하지 못하는 관절염의 고통이 손자와 함께 있으면 깨끗하게 사라지나 봅니다.

저는 딸아이를 보고 있자면 가끔 이런 생각이 들 때가 있습니다. 하늘에서 내게 인내를 가르치기 위해서 너를 보내셨구나. 이 세상에서 날 이토록 터프하게 대하고 막 부려 먹는 사람은 너밖에 없었고 앞으로도 없을 것이다. 그런 딸이 할머니 앞에서는 또 어찌나 달콤하고 배려심이 깊은지 기가 막힐 때가 있지요. 그 이중성이 밉지만은 않은 게, 제가 어머니에게 드릴 수 없는 특별한 즐거움을 딸은 존재 자체로 자연스럽게 선물하거든요.

어머니도 손녀밖에 없습니다. 손녀랑 재밌게 보내는 법을 가르치는 학원에 몰래 다니시나 싶었습니다. 같이 재밌게 놀려고 온갖 종류의 종이접기를 배워오셨지요. 할머니가 만들어주는 종이 장미꽃에 엄청난 리액션을 보여주는 딸도 고마웠어요. 할머니 손 꼭 붙들고 재잘대는 딸을 보고 있다가 그런 생각이 들더군요. 손주라는 존재는 신이 모든 할머니들에게 찾아가 웃음을 선물할 수 없어서 대신 보낸 천사들이 아닐까. 세상 모든 할머니들에게 손주는 사랑이고 기적이고 천국이구나.

나이듦 준비물 챙기셨나요?

손주와 함께 할 수 있는 취미 만들기!

우리 엄마도 저래 걸어가겠지

〈칠곡 가시나들〉을 촬영하면서 팔십 대 엄마와 오륙십 대 딸들의 편안한 대화를 지켜볼 기회가 많았습니다. 엄마와 딸의 관계는 계속 엇나가고 멀어지다가 딸이 중년을 지나면서 변곡점을 맞는 것 같아요. 엄마처럼 살지 않겠다던 딸과 경험으로 얻은 가장 안전한 인생 경로를 딸에게 강요하던 엄마의 전쟁이 끝난 후, 이제는 어떤 상황에서도 속마음을 털어놓을 수 있는 친구처럼 보이더군요. 서로의 모습을 있는 그대로 이해해주는 동지로 변해가는 거죠.

평생 아들 아들하며 살아온 칠곡 할머니들도 지금은 딸을 더 찾습니다. 마을회관 단골 토론 주제인 '아들이 좋냐, 딸이 좋냐'에서도 아들이 점점 밀리더군요. 딸만 있는 제가 듣기 좋으라고 그러시나 여쭤봤지만 아니었어요. 딸들이 용돈을 더 씨기* 준답니다.

"옛날에는 아들 못 낳으면 사람 축에도 못 들어갔어. 내가 딸 낳고 죄지은 것마냥 산 거 생각하면 지금도 징글징글하다. 요새는 딸이 더 좋아. 아들 낳으려고 애쓸 것도 없어. 서울 감독도 늙어보이소. 딸뿐이라."

엄마 생각

– 강금연

딸이 가디 차를 세운다
야야 와 그리 차 세우노
엄마 요 앞에 더디 걷는 할매 보이
엄마 생각이 나네요
우리 엄마도 저래 걸어가겠지 싶어

---

* 씨기 : '많이', '세게'라는 뜻의 사투리. 『우리말 방언 사전』에는 '시기'로 나오는데 칠곡 할머니들은 '씨기'로 발음한다.

빵빵거리도 못하네요

딸이 그 말을 하이
나도 엄마 생각이 나서 눈물이 나네요

뒤차가 요란하게 경적을 울려도 딸 정희 씨는 다리가 불편한 엄마 생각에 천천히 걷는 할머니를 기다려줍니다. 강금연 할머니는 그런 딸을 보며 어릴 적 엄마를 떠올립니다.

"어릴 때 울 엄마가 조금만 뭐라 하면 담 밑에서 아버지 올 때까지 기다리다가 저기서 오는 것 같으면 그때부터 울었습니다. 잉 잉 잉, 아부지. 그라믄 애를 왜 이리 쫓아내노 하면서 울 엄마한테 뭐라 했거든예. 나는 그기 또 좋아서 헤헤 하면서 아버지 손 꼭 잡고 집에 들어오곤 했습니다. 엄마 생각하면 안됐지요. 고생만 하다 갔으이. 나는 내 딸처럼 엄마한테 자상하게 못했어."

강금연 할머니가 딸 넷 낳은 다음 아들을 낳았을 때 이제 시어른들의 탄압이 끝나는가 싶었답니다. 아들이 하나는 더 있어야 한다는 어른들의 강권에 마지못해 여섯 번째 아기를 가졌지요. 엄마 뱃속에서 어찌나 활달하던지 모두 아들이라고 좋아했어요. 드디어 혹독한 시집살이와 안녕이라 생각했는데 막내딸 정희 씨가 태어난 거죠.

"어릴 때는 엄마가 정말 싫었어요. 엄마가 따뜻하게 안아주지 않았는데, 내가 딸로 태어나 그런 것 같아서 속상했거든요. 나이 들어 엄마를 이해하게 되니까 지금은 제일 가까운 친구보다 더 편한 사이가 됐어요. 요새는 이런 농담도 해요. 내가 딸이라 아직도 서운하냐고."

"막내딸이 결혼을 아주 늦게 했어예. 자기는 결혼 안 하고 엄마랑 계속 같이 살 거라면서 직장이 멀리 구미인데도 여기서 다녔습니다. 늙은 엄마 혼자 두고 못 떠나겠던 모양이지요. 정희야, 니가 결혼 안 하면 내가 편히 눈을 못 감는다고 눈물을 보였더니 그제야 결혼하겠다고 했어예. 요새도 하루 한두 번은 꼭 전화 옵니다. 엄마, 나는 둘만 키워도 이렇게 힘든데 엄마는 여섯을 어떻게 키웠느냐면서. 나이 들어 딸이 있으니 참 좋습니다. 막내 딸 안 낳았으면 큰일 날 뻔했어예."

아들과는 쉽게 나눌 수 없는 얘기도 팔십 대 엄마와 중년의 딸 사이에는 스스럼없더군요. 몰래 찍어놓은 영정사진을 예쁘게 화장해서 다시 찍을지 말지 얘기하는 것도 나이 든 딸이라서 가능한 대화입니다. 노년의 엄마에게 딸은 제일 만만하고 속 깊은 친구처럼 보였어요.

딸들도 나이 들어갈수록 엄마 생각이 많아집니다. 엄마에게도 주어져야 했을 기회를 빼앗아 외삼촌에게만 몰아준 외조부모에 대한 반감도, 항상 나보다 오빠나 남동생을 먼저 배려하던 엄마에 대한 원망도 중년의 시간을 통과하면서 조금씩 사그라지나 봐요. 그렇게 아들만 찾더니 이제 보살핌이 필요한 시간이 되니 딸이 좋아지냐며 서운해할 만도 한데, 나이 든 딸들은 표현하지 않았어요.

늙어버린 엄마는 왠지 딸에게 미안해하는 것처럼 보이더군요. 아들만 바라보느라 딸에게 상처를 대물림한 건 아닐까. 자신이 걸어온 그 길로 딸을 잘못 안내한 건 아닐까. 언뜻언뜻 후회하는 모습이 비쳤어요. 딸들은 오히려 오빠나 남동생에 대한 재밌는 이야기로 엄마를 웃게 했습니다. 그럴 때는 꼭 딸이 엄마 같고, 엄마가 딸 같더군요. 함께 나이 들어가는 여자들끼리는 말로 하지 않아도 미안함과 고마움을 전할 수 있구나. 이게 남자들끼리는 불가능한 교감이거든요.

그나저나 나이 든 아빠와 중년의 딸 사이는 어떤지 궁금하네요. 그때도 지금처럼 저를 막 부려먹지는 않겠죠.

"할머니들 보니 딸이 꼭 있어야겠던데 어머니는 어떡해요?"

"괜찮아. 손녀 있잖아."

So cool.

어머니는 딸 키워본 적이 없어서 딸 좋은 줄 모르시는구나.

봄에 쑥을 보면 뜯어야 돼

할머니들과 친해지고 댁에 처음 가서 눈에 확 들어온 건 수북이 쌓인 약봉지였습니다. 관절염 약과 고혈압 약은 기본이고 대부분의 할머니들이 당뇨, 고지혈증, 콜레스테롤 약도 복용하고 있었어요. 저렇게 계속 드시면 위장이 버텨낼까, 약이 서로 충돌하지 않을까, 의사 선생님이 알아서 잘 처방하셨겠지…. 한 움큼씩 약을 드시는 할머니들을 보면 별 걱정이 다 들더군요. 아, 이래서 '아프니까 노인이다' 하는구나.

그런데 내가 칠곡에서 만난 할머니들은 어딘가로 이동하는 사람들이었어요. 아픈 몸을 이끌고 말이죠.

고사리 꺾을 때는

아픈 줄도 모르고

하나라도

더 꺾으려고 욕심을 내지만

집에 돌아오면

삭신이

안 아픈 데가 없고

꼼짝하기가 너무 힘이 들어

고사리 삶아

널 기운도 없어진다

그러면서도 산에는 가고 싶다

– 이신봉, 「고사리」 중에서

〈칠곡 가시나들〉의 엔딩은 할머니들이 봄나물 캐러 가는 장면입니다. 봄은 설렘이지요. 걸어가는 할머니들에게서 봄 향기가 났어요. 소곤소곤 일상을 나누며 봄나물 캐는 모습이 아름다웠습니다.

"씬내이는 씹다. 우라가* 요래요래 초장에 무치면 덜 씹다."

"찔기**는 음력 3월에 뜯어 국 끼리 먹어야 맛있다."

"나새이***는 겉절이도 하고 국도 끓이고 된장찌개에 넣어도 다 맛있다."

"구시디이는 나락내이 하고 쌈 싸 무면 더 맛있다."

나물 얘기만 나오면 할머니들은 할 말이 많습니다. 마치 산나물 학술대회에 나온 교수님들 같았죠. 할머니들은 처음 들어보는 나물 이름을 대며 대학에서 이런 것도 안 가르쳐주더냐고 놀리셨어요. 암만 봐도 제 눈에는 모두 잡초였거든요. 혹시 할머니들이 장난으로 아무 풀이나 뽑아놓고 나물 이름을 막 지어낸 게 아닐까 싶어 찾아보니 떡 하니 나옵니다.

씀바귀 : 국화과의 여러해살이풀. 쓴 맛 때문에 쓴나물, 씬나물, 씬내이, 씸배나물이라고도 한다. 잎과 어린순은 무치거나 쌈으로 먹고, 김치를 담근다. 데쳐서 고추장이나 초고추장에 무치고, 뿌

---

*우라가 : '우려내어'의 사투리. 쓴 나물을 물에 담가 쓴 맛을 빼내는 손질법이다. (출처 : 곽두조 할머니)

**찔기 : '질경이'의 사투리(경북). (출처 : 우리말샘)

***나새이 : '냉이'의 사투리. '나생이'라고도 한다. (출처 : 『산나물 들나물 대백과』) 『우리말 방언 사전』에는 경북, 충남 사투리로 '나시이'라고 표기되어 있다.

리째 캐서 장아찌를 담그기도 한다.

(출처 : 『산나물 들나물 대백과』)

이분들은 진짜 나물 박사님이었어요. 씬내이는 뜨거운 물에 살짝 우려낸 다음, 초장에 무쳐 먹어야 덜 쓰고 맛있다는 사실은 어떻게 아셨을까요? 구시디이와 나락내이는 『우리말 방언 사전』에도 없고 『산나물 들나물 대백과』에도 나오지 않아요. 백과사전에도 안 나오는 나물을 알고 있는 할머니들이 갑자기 커 보입니다. 자연을 알고 생활에 적용하는 지혜는 젊은 사람들과 차원이 달랐습니다.

"우리가 글을 몰랐지 나물을 모르겠나. 봄에 보릿고개 넘기고 굶어 죽지 마라고 하늘에서 준 선물이 나물이라."

"맞아. 흉년에는 쑥이 제일 근기가 있어. 쑥은 암만 많이 먹어도 안 붓거든."

"고마 쑥밭에 오면 구분다*. 캘 게 많으이 기분이 좋아서 구불

---

* 구분다 : '딩굴다'의 사투리(경남). (출처 : 『우리말 방언 사전』) 사전에는 경남 사투리로 나와 있지만 칠곡 할머니들도 자주 사용하는 말이다.

러 댕겨."

"의사 선생님은 무릎 아프니 일하지 마라 캐도 봄에 쑥도 안 캐면 무슨 재미로 살겠노. 할마시들은 쑥을 보면 그냥 못 지나간다. 봄에 쑥을 보면 뜯어야 돼."

재미있는 사실은 할머니들이 정작 좋아하는 건 나물이 아니라 고기라는 겁니다. 궁금했어요. 할머니들은 잘 드시지도 않으면서 왜 봄나물을 보면 아픈 무릎을 짚고서라도 언덕에 오를까? 이게 노동인지 취미인지, 아니면 습관인지 궁금했어요.

사계절을 함께 보내고 알게 됐습니다. 추운 겨울 움직임이 줄어들었던 할머니들은 살랑거리는 봄바람에 표정부터 달라졌어요. 따뜻한 봄 햇살 맞으며 친구들과 나물 캐러 갈 생각에 설레고 있었지요. 젊을 때는 먹고살기 위해 뭐든 하나라도 더 캐야 했지만 지금은 친구들과 수다 떨며 소풍 가는 것처럼 신난답니다. 젊어서부터 습관적으로 했던 봄철 노동이 나이 들면서 자연스럽게 취미가 된 것이죠. 차이는 설렘입니다.

할머니들이 늘 하시던 말씀이 떠올랐어요. 젊었을 때는 몰랐지만 나이 들어보니 튼튼한 치아랑 무릎이 행복의 기본이랍니다. 치아가 좋아야 잘 드시고 에너지를 얻을 수 있고요, 무릎이 좋아야 이동의 자유가 생겨 친구들 만나 재밌게 놀 수 있다는 거죠. '이가 자식보다 낫다'거나 '다리뼈가 맏아들이라'는 속담도 그래서 생겼나 봅니다. 철 따라 가고 싶은데 가고, 보고 싶은 사람 만나 맛있는 음식을 나누며 이야기하는 것보다 큰 즐거움은 없다는 말이겠죠. 할머니들이 알려주는 나이듦 준비물은 펀드, 연금, 암 보험, 실손 보험이 아니라 양치질 열심히 하고 많이 걷는 습관이었습니다.

다리가 불편한 박금분 할머니도 지팡이 짚으며 걷고 또 걸었습니다. 울고 싶은 날이면 더 열심히 걸었어요. 이른 아침 마을 밖 저수지 산책으로 하루를 열고, 오후 늦게 동네 한 바퀴 천천히 돌아보셨지요. 길가에 핀 꽃을 꺾어 머리에 꽂고 나는 행복하다, 행복하다 되뇌었습니다.

어느 날 할머니가 슬픈 목소리로 전화하셨어요. 유모차 장만했으니 나도 좋은 시절 다 갔다고. 할머니들은 지팡이 졸업하고 유모차 입학할 때 다들 우울해하셨습니다. 이제 내 인생 즐거움도 끝이구나 하시지만 곧 유모차에 적응해 다시 재미를 찾아 열심히 다니셨어요. 호미와 바구니 싣고 들로 밭으로, 책가방 태워서 학교로 가지요. 예전에 손주 태웠던 유모차랑 인생 마지막 친구가 되어 어디든 동행합니다.

젊은 사람들은 말하지요. 다리도 불편하신데 왜 그리 다니시냐고. 그러다 넘어지기라도 하면 큰일 난다고. 알지요. 구십 년을 살았는데 설마 그걸 모르실까요. 할머니들은 지금 재미를 찾아 이동하고 있는 겁니다. 다니지 못하면 아파요. 넘어지면 큰일 나는 게 아니라, 안 움직이고 계속 가만 있으면 큰일 납니다. 나를 설레게 하는 곳으로 움직여야 행복해지거든요.

"계단 내려갈 때 다리가 달달 떨릴 때가 곧 와요. 걸어 다닐 수 있을 때 열심히 걸어야 됩니다. 죽을 때가 가까워지면 걸어 다니지도 못해. 유모차 밀고 동네 한 바퀴 돌아보며 생각합니다. 나는 행복하다. 나는 참 행복하다. 오늘도 재밌게 놀자."

할머니는 늘 그러셨어요. 행복이 별 기가. 걷는 기 행복이다. 많이 걸으면 주위를 둘러보며 생각할 시간이 많아지니 행복을 더 잘 느끼게 된다는 말인지, 걸으면 행복 호르몬 세로토닌이 샘솟는다는 뜻인지, 걸을 수 있음에 감사하라는 교훈인지, 행복한 노년을 꿈꾼다면 더 많이 움직여 건강을 챙기란 의미인지 여쭈어본 적은 없습니다. 아마도 박금분 할머니처럼 오랫동안 많이 걸어보면 이해할 날이 오지 않을까요?

나이 들어 움직임이 줄어들면 확실히 사는 재미도 멀어지는 것 같습니다. 재밌게 나이 들고 싶다면 열심히 걸어야 해요. 머리, 어깨, 허리, 무릎··· 어디 하나 안 쑤시는 데가 없지만 즐겁게 몸을 움직여 친구들과 함께 나를 설레게 하는 곳으로 가야 합니다.

나물을 찾아서. 재미를 찾아서.

먹는 재미보다 캐는 재미라,

나물은.

7

새파란 풀잎이 물에 떠서 흘러가더라

아흔에 돌아가신 외할머니는 인생의 마지막 3년을 치매와 함께 보내셨습니다. 베란다 가득 화분을 놓고 여러 식물을 키우는 게 취미이자 특기였지요. 다 죽어가던 식물도 할머니 손만 닿으면 신기하게도 다시 살아나곤 했습니다.

언젠가 임신한 아내와 함께 외할머니를 뵈러 갔었는데 불러온 배를 보고 눈물을 흘리며 좋아하셨어요. "아이가 생겼구나, 정말 잘됐다." 그 후 만날 때마다 계속 눈물을 글썽이며 감격하셨습니다. "아이고 아이 가졌구나. 세상에, 참 장하다." 치매에 걸린 할머니에게는 그 기쁜 소식이 늘 처음이었던 거죠.

치매가 심해지면서 할머니는 점점 세상과 단절되어갔어요. 집 바깥에 나가면 길이 헷갈리고 불안해지니 밖에 나가려 하지 않으셨고요. 단어가 잘 생각나지 않으니 말하다 실수할까 걱정하시는 것 같았습니다. 대신 식물들과 대화하는 일이 더 잦아졌지요. 오랫동안 키웠던 식물들을 실수할 걱정 없이 마음 편하게 얘기할 수 있는 친구로 여기는 것 같았어요.

치매 환자가 된다는 건 누군가의 도움을 받으며 살아야 한다는 뜻이더군요. 할머니는 다시 어린아이가 되어 딸들만 찾았고, 육십 대 딸들은 치매와 동행하는 노모의 친구이자 엄마가 되어 마지막까지 곁을 지켰습니다.

보건복지부 산하 중앙치매센터의 『대한민국 치매현황 2018』 보고서에 따르면 2017년 기준 65세 이상 노인 인구 중 추정 치매 환자 수는 약 70만 명에 달한다고 해요. 전체 노인 인구의 약 10퍼센트 정도가 치매를 앓고 있다는 거죠. 치매 환자는 지속적으로 증가해 2050년에는 300만 명을 넘어설 거라고 예상합니다. 우리가 100세까지 산다면 치매 안 걸릴 확률이 약 20퍼센트 정도라고 하니, 10명 중 8명은 치매와 함께 살아가야 할 운명이네요.

유튜브 〈굿라이프〉 채널에서 〈치매를 부탁해〉의 진행을 맡은 신

경과 전문의 이은아 박사는 치매에 걸려도 잘 살 수 있는 언어 습관을 젊을 때부터 길러야 한다고 강조합니다. 해마가 망가지는 게 치매고, 해마 옆에는 감정 기억을 담당하는 편도체가 있는데요. 아무 준비 없이 치매에 걸리게 되면 나쁜 기억에 사로잡혀 계속 화내고 욕하고 거부하게 돼 주위 사람들에게 고통을 줄 가능성이 높다고 해요.

아차 하면 사고가 나니 잠시도 눈을 떼지 못하고 돌보고 있는데 정작 치매 환자에게서 돌아오는 반응은 거부와 분노라는 게 치매 가족들을 가장 힘들게 한답니다. 상대방이 기쁜 마음으로 도와줄 수 있도록 하려면 치매에 걸려도 늘 반복해서 할 수 있는 배려와 감사의 언어를 기억의 회로에 깊이 새겨두는 게 중요하다는 거죠. 치매 환자의 따뜻한 말보다 가족들에게 더 큰 위로는 없거든요.

이은아 박사는 "밥은 먹었니?", "참 예쁘다", "참 맛있다", "정말 고마워" 같은, 짧고 강력하게 상대방의 마음에 닿는 긍정적인 말들을 반복해서 뇌 안에 깊이 심어둬야 한다고 권합니다. 오래 둬도 상하지 않는 장아찌처럼 말이죠. 그래야 치매에 걸려도 뇌에 뿌리내린 긍정적인 언어들이 가족들을 힘들게 하지 않고요, 결국 돌봄도 잘 받을 수 있다는 거예요.

칠곡 할머니들이 자주 하셨던 말씀이 떠올랐습니다.

"서울 감독님, 밥은 묵었어요?"

"아이고, 딸내미 참 예쁘네."

"서울 감독이 사주니까 된장찌개가 더 맛있다. 흐흐흐."

"쭈글쭈글한 얼굴 잊지 않고 보러 와주니 참 고마워요."

이은아 박사가 소개한 '치매에 걸려도 잘 살 수 있는 언어 습관'이랑 똑같았어요. 할머니들은 어른들을 모셔본 삶의 경험으로 치매랑 함께 사는 노하우를 이미 알고 있었나 봅니다. 긍정적인 언어 습관을 뇌 깊숙이 새겨두라는 건, 오늘을 소중히 여기고 항상 감사를 표현하며 살라는 말이겠지요.

칠곡 문해학교 할머니들 중에도 치매가 시작된 분이 있습니다. 아들, 딸, 며느리 이름까지 다 쓸 수 있다며 어린아이처럼 좋아하셨는데, 이젠 자음과 모음을 어지럽게 나열해놓고 당신의 이름이라 말씀하셨지요. 코로나19로 마을회관이 폐쇄되었다는 소식을 듣고 걱정되어 전화 드리니 할머니는 또 고맙다고 하시네요. 정작 고마운 사람은 나인데.

"딸내미 다 편합니까? 하이고, 아무 데도 못가고 집에만 있으이 사는 게 사는 기 아이라. 또 눈물이 나올라 칸다."

"울지 마세요, 할머니. 코로나도 곧 지나갈 거예요. 다시 봄나물 캐러 가야죠. 기쁨의 날이 오리니. 기억 안 나세요?"

"서울 감독님, 나를 잊지 않고 전화해주니 참 고마워요."

"할머니, 따뜻하게 대해주셔서, 저를 기억해주셔서 고마워요."

글자를 아니까 사는 게 더 재밌어졌다며 웃으셨는데 치매는 야속하게도 할머니의 문자 기억부터 앗아가버렸습니다. 인생이란 게 이런 거겠죠. '새파란 풀잎이 물에 떠서 흘러가더라.' 좋아하시는 그 노래처럼 가장 아름답고 행복한 순간은 오래 머물러주지 않나 봅니다. 너무 화려해서 슬픈 봄날처럼.

구십이 넘어도
엄마밖에 없다

생각만 해도 눈물이 난다
울엄마 한 번만 보면
여한이 없겠다

– 이원순, 『울엄마』 중에서

눈부신 봄날이었어요. 박금분 할머니가 엄마 무덤에 데려다 줄 수 있겠느냐고 물었습니다. 꿈에 엄마를 만났는데 할머니를 보고 웃으셨다는 거예요. 따님들에게 전화하니 다들 바빠서 다음에 가시자고 했지만 박금분 할머니는 엄마가 내게 무슨 할 말이 있는 것 같다며 당장 가고 싶다고 하셨어요.

박금분 할머니의 엄마 무덤은 고향 아포 넓디넓은 배꽃 밭 귀퉁이에 있었습니다. 배꽃이 그렇게 흰 줄 몰랐어요. 끝없는 순백의 눈송이가 봄 햇살을 머금고 산들산들 반짝였지요.

"엄마."

잘못 들은 줄 알았어요, 엄마라니. 그렇구나. 구십이 된 할머니에게도 엄마는 엄마구나. 이태준 작가의 짧은 동화에 김동성 작가의 그림이 더해진 아름다운 그림책『엄마 마중』* 속 아이가 생각났습니다. 그림책을 보고 있는데 동영상 애니메이션처럼 꿈틀거리는 느낌을 받을 때가 있지요.『엄마 마중』이 그렇습니다.

"우리 엄마 안 오?"

"오! 엄마를 기다리는 아가구나." 하고 이번 차장은 내려와서,

"다칠라. 너희 엄마 오시도록 한군데만 가만히 섰거라, 응?" 하

* 이태준 글, 김동성 그림,『엄마 마중』, 보림(2013)

고 갔습니다.

아가는 바람이 불어도 꼼짝 안 하고,

전차가 와도 다시는 묻지도 않고,

코만 새빨개서 가만히 서 있습니다.

– 이태준, 『엄마 마중』 중에서

『엄마 마중』에서 제일 좋아하는 그림은 마지막에 가만히 서서 엄마를 기다리는 아이의 옆모습 컷이에요. 새빨간 코, 울 듯 말 듯한 표정, 눈물이 말라 언 듯한 눈가, 엄마를 만나고 싶은 아이의 마음이 그대로 전해옵니다. 배꽃 나무 아래 "엄마" 부르며 주저앉은 박금분 할머니의 옆모습과 겹쳐지네요. 『엄마 마중』의 어린아이도, 엄마 무덤 앞의 아흔 살 할머니도 애타게 엄마를 찾습니다.

"엄마, 금분이가 엄마 보고 싶어요."

할머니는 배꽃 사이 엄마 무덤을 쓰다듬으며 한참을 울었습니다. 슬픈데, 그 모습이 정말 아름다웠어요. 마음이 진정되자 엄마에게 술 한 잔 부어드리고 나머지는 할머니가 천천히 다 마시네요. 종이컵으로 소주 드시는 모습이 평안해 보이더군요.

"구십이 넘어도 엄마밖에 없다. 자빠져도 엄마, 엎어져도 엄마다. 옛날에 엄마도 엄마 엄마가 마이 보고 싶었을 기다."

갑자기 어머니가 보고 싶어졌어요. 인생에 비바람이 불 때 사랑하는 어머니는 어디로 피해 안식을 누릴 수 있을까. 나에게는 엄마가 있지만 엄마에게는 외할머니가 없다는 생각을 한 번도 해보지 못했네요. 엄마가 없는 엄마는 얼마나 외로웠을까.

떨어지는 새하얀 배꽃과 함께 봄날이 가고 있었습니다.

장하다 우리 딸!

– 김춘남

오늘은 문해학교 입학하는 날
엄마 생각이 많이 났어요

우리 아들 입학식 때 손잡고 갔던 학교를
엄마도 없이 나 혼자 갔어요

장하다 우리 딸! 학교를 가다니

하늘나라 계신 엄마 오늘도 많이 울었을 낀데

엄마! 울지 마세요
춘남이 공부 잘 하겠습니다

엄마가 살아 계셨다면
서명도 못하냐고 무시하던 택배 아저씨도
이름도 못 쓰냐고 눈 흘기던 은행 아가씨도
우리 엄마한테 혼났을 낀데

언젠가 하늘나라 입학하는 날
내가 쓴 일기장 펴놓고
동화책보다 재밌게 읽어드릴게요

"울 엄마 무덤은 배꽃 밭 귀퉁이에 있습니다.
흰 빨래 갤 때마다 그러셨어요.
하이고 배꽃 같이 희네.
엄마, 구십이 넘어도 엄마가 보고 싶어요."

- 〈칠곡 가시나들〉 박금분 할머니 인터뷰 중에서

에필로그
족발장이 시어마이 참 잘 죽었다

아침 댓바람에 유촌댁 할머니가 빅뉴스를 들고 허겁지겁 마을 회관으로 들어왔습니다. 동네에 초상이 났다는 비보입니다.

"형님, 밤새 족발장이 시어마이가 죽었답니다."

홀로 받아쓰기 숙제를 하고 있던 박금분 할머니의 반응이 놀라웠어요.

"하이고, 잘 죽었다."

아니 세상에, '잘 죽었다'라니. 처음에는 잘못 들은 줄 알았어요. 아무리 평소에 사이가 안 좋았다 해도 그렇지, 사람이 죽었다는데 어떻게 잘 죽었다고 얘기할 수가 있을까. 박금분 할머니가 이렇게 매정한 분이었나 싶었습니다.

"그 할마시 복도 많네. 참 잘 죽었다. 나도 그렇게 죽어야 될 낀데… 이 나이 되면 그래요. 밤에 잠들어서 아침에 못 일어나면 자식들 고생도 안 시키고 최고로 잘 죽은 기라. 백 점."

박금분 할머니는 진심으로 부러워하셨어요. 갑자기 건강이 나빠진 동네 언니들이 더 이상 마을회관에 나오지 못하고 요양원으로 떠나는 걸 많이 봤거든요. 할머니는 죽기 직전까지 스스로 몸을 가눌 정도로 건강을 유지해서 요양원에 들어가지 않고 집에서 인생을 마무리하고 싶어 하시더군요.

내 마음

– 박금분

빨리 죽어야 데는데
십게 죽지도 아나고 참 죽겐네

몸이 아푸마
빨리 주거야지 시푸고
재미끼 놀 때는

좀 사라야지 시푸다

내 마음이 이래
와따가따 한다

“나이 들어도 열심히 돌아다녀야 되거든. 그래도 안 넘어질라꼬 진짜 조심한다. 자빠져서 뼈 부러지고 못 움직이면 누가 병수발 들겠노. 꼼짝없이 요양원 들어가야 되는데 그라믄 재미도 끝이고 인생 마 파이다. 죽는 건 좋은데 요양원에서 죽기는 싫어. 옛날에는 건넌방에서 죽으려고 해도 안방으로 옮겼거든. 요새는 집에서 못 죽고로 밖으로 옮기더라. 와 그라는지 몰라, 좀 편하게 죽게 놔두지.”

딱 3일만 아프다 죽으면 좋겠다
멀리 있는 아들 딸
얼굴 한 번 보고 가구로

칠곡 문해학교 안윤선 할머니의 「내 소원」이라는 시입니다. 양 무릎을 수술하고 오랫동안 병원에 입원해 있었던 할머니는 병수발해준 딸과 사위에게 늘 미안해했어요. 이 세상을 떠날 때 자식들한테 폐 끼치지 않고 곱게 가는 게 마지막 소원이라고 하셨지요.

"내가 오래 아프다 죽으면 애들 힘들어서 안 됩니다. 마지막으로 얼굴 한 번 보고 손 꼭 잡고 얘기해주고 싶어요, 고맙다고. 그라고 나서 바로 꼴까닥 하면 좋겠습니다."

"할머니, 이제 사흘까지 필요 없어요. 옛날에는 흩어져 사는 자손들에게 연락하는 데 하루, 비둘기호 기차 타고 오는 데 하루, 얼굴 보고 빠이빠이 하는 데 하루, 다해서 사흘이 필요했잖아요. 요즘에는 다들 휴대폰도 있고 KTX라고 엄청 빠른 기차도 생겨서 하루면 충분해요."

웃으려고 한 말인데 안윤선 할머니는 진지하게 들으셨어요.

"아, 서울 감독님. 그럼 딱 하루만 아프다 죽고 싶다고 시를 고치까예?"

백수의 꿈은 입사고 직장인의 꿈은 퇴사라 했던가요. 중장년의 꿈이 재밌게 나이듦이라면 할머니들의 꿈은 곱게 죽는 것이었습니다. 죽음을 깔끔하게 받아들이는 태도가 노년에 재미를 찾을 여유를 허락하나 봐요. 할머니들은 죽음이 멀리 있지 않음을 느끼지만 조바심을 내지 않았고, 최선을 다해 오늘 하루를 재밌게 보내셨지요.

할머니들을 보면서 저도 죽음에 대한 관심이 커졌습니다. 관련된 책과 다큐멘터리들을 찾아봤어요. 모든 작품이 일관되게 증언하는 게 있더군요. 죽음을 긍정적으로 받아들일 때 삶에 새로운 에너지가 생긴다는 거예요. 죽음을 생각할수록 슬퍼지고 우울해져서 막 살게 될 것 같은데 그 반대라는 거죠. 죽음도 삶의 한 부분이고 우리 모두는 죽음을 피할 수 없으니, 죽음을 자주 묵상하고 준비하는 게 세월을 아끼고 긍정적인 삶을 사는 데 도움이 된다고 조언합니다.

우리도 미얀마의 어느 부족처럼 나이를 거꾸로 세면 좋겠습니다. 이제 백세 시대니까 태어나면서 백 살로 시작해서 1년에 한 살씩 나이를 줄여가는 거죠. 100세가 넘어가면 새로 태어난 기분으로 0에서 다시 한 살씩 더해가고요. 늘 죽음을 떠올리는 삶, 자기 나이로 남은 날을 헤아리며 살아가는 인생이라면 시간을 아껴 더 재미있게 살지 않을까요?

할머니들에게 배웠어요. 나이듦과 죽음을 긍정적으로 바라볼 때 비로소 행복한 노년을 상상할 수 있겠구나. 재밌게 나이듦의 완성은 죽음을 준비하고 환영하는 것이로구나. 저도 칠곡 할머니들 나이가 되면 젊은 친구들에게 웃으며 말해보고 싶어요.

"아직도 모든 게 설레지만 늘 마지막 날을 생각하며 살아요. 오지게 재밌게 나이 들다가 담백하게 가고 싶어요. 내가 아는 어떤 재밌는 할머니들처럼."

젊을 때 댄스스포츠 계속 했으면 좋았을걸.

끝.

이 책에 실린 작품 목록

1. 「화투」 - 박금분

2. 「가수」 - 곽두조

3. 〈동백 아가씨〉 - 작사 한산도, 작곡 백영호, 노래 이미자

4. 〈보약 같은 친구〉 - 작사·작곡·노래 진시몬

5. 〈내 나이가 어때서〉 - 작사 박무부, 작곡 정기수, 노래 오승근

6. 「흰 눈」 - 공광규

7. 「국수」 - 강금연

8. 「전화」 - 강금연

9. 「어휴 저 화상」 - 노정임 (2019 성인문해교육 시화전 수상작)

10. 「아파트는 심심하다」 - 박금분

11. 「시」 - 박금분

12. 「냄새」 - 안윤선

13. 「여보세요, 여기 짬뽕이요」 - 전금옥 (2014 성인문해교육 시화전 수상작)

14. 「나는 울었네」 - 오태순 (2015 전국 성인문해교육 시화전 수상작)

15. 「삶이 그대를 속일지라도」 - 알렉산드르 푸시킨

16. 「교복」 - 김순임 (2012 성인문해교육 시화전 수상작)

17. 「내 이름은 분한이」 - 권분한 (2019 성인문해교육 시화전 수상작)

18. 「내 친구는 소」 - 강옥자 (2012 성인문해교육 시화전 수상작)

19. 「나는 학생이에요」 - 최숙자 (2012 성인문해교육 시화전 수상작)

20. 「사인했어요」 - 박영희 (2018 성인문해교육 시화전 수상작)

21. 「대추 한 알」 - 장석주

22. 「손」 - 강금연

23. 「보물찾기」 - 김순옥 (2019 성인문해교육 시화전 수상작)

24. 「우리 엄마가 변했어요」 - 김귀예 (2019 성인문해교육 시화전 수상작)

25. 「닭」 - 정춘자 (2019 전국 성인문해교육 시화전 수상작)

26. 「영감 보고 있소?」 - 김금준 (2016 성인문해교육 시화전 수상작)

27. 「이렇게가 어떤 건데요」 - 김순자 (2018 성인문해교육 시화전 수상작)

28. 「아들아」 - 강금연

29. 「생전 처음 쓴 편지」 - 이상순 (2019 성인문해교육 시화전 수상작)

30. 「밝아진 세상」 - 위준녀 (2018 성인문해교육 시화전 수상작)

31. 「하고 싶은 공부」 - 김애순 (2019 성인문해교육 시화전 수상작)

32. 「엄마는 정말 공부가 하고 싶단다」 - 김영숙 (2019 성인문해교육 시화전 수상작)

33. 「할매말 손자말」 - 박금분

34. 「행복」 - 김차덕 (2012 성인문해교육 시화전 수상작)

35. 「내 속이 시원해요」 - 황용현 (2016 성인문해교육 시화전 수상작)

36. 「사랑」 - 박월선

37. 「멧돼지 보낼게」 - 변대순 (2019 성인문해교육 시화전 수상작)

38. 「무서운 손자」 - 강춘자 (2013 성인문해교육 시화전 수상작)

39. 「엄마 생각」 - 강금연

40. 「고사리」 - 이신봉 (2012 성인문해교육 시화전 수상작)

41. 「울엄마」 - 이원순

42. 「엄마 마중」 - 이태준

43. 「장하다 우리 딸!」 - 김춘남 (2017 성인문해교육 시화전 수상작)

44. 「내 마음」 - 박금분

45. 「내 소원」 - 안윤선

오지게 재밌게 나이듦

1판 1쇄 2020년 9월 21일
1판 5쇄 2024년 12월 1일

지은이 김재환
그린이 주리
기획 고래방(최지은)
펴낸이 김정순
편집 허영수 허정은
디자인 김진영
마케팅 이보민 양혜림 손아영

펴낸곳 (주)북하우스 퍼블리셔스
출판등록 1997년 9월 23일 제406-2003-055호
주소 04043 서울시 마포구 양화로 12길 16-9(서교동 북앤빌딩)

전자우편 editor@bookhouse.co.kr
홈페이지 www.bookhouse.co.kr
전화번호 02-3144-3123
팩스 02-3144-3121

ISBN 979-11-6405-076-5 03810